現代文学は「震災の傷」を癒やせるか

3・11の衝撃とメランコリー

千葉一幹 著
Chiba Kazumiki

ミネルヴァ書房

まえがき

東日本大震災から八年の歳月が過ぎようとしている。三月一一日になると必ずと言ってほど口にされる言葉がある。震災を忘れるな、だ。安易な忘却は許されぬことだろう。しかし、また忘れることも時には必要なことであるはずだ。

私がしばしば買い物に出かける近所の大型スーパーの前の横断歩道のたもとには花瓶が置かれている。そこにはいつも花が生けられている。そこで小学生の女の子が車にはねられ亡くなったそうだ。事故の詳細は分からない。五年以上の前に起きた事故らしい。亡くなった少女がどういう子か知らない。月に一、二度訪れるそのスーパーの前の横断歩道を車で通る時、また新しい花が生けられていると気が付くだけだ。

誰が、花をお供えしているのだろうか。おそらく少女の家族だろう。あるいは友人だろうか。ひょっとすると加害者かもしれないし、事件を目撃した近所に住む人かもしれない。複数の人の可能性もある。いずれにしろ、少女のことを思って花を生けていることは間違いない。その人は、どういう思いで花を手向けるのだろうか。親であれば、愛する娘を亡くした時の思い出が甦り辛くなるのではなかろうか。彼らは、娘が突然いなくなってからの五年あまりの歳月をどのような思いで過ごして来たのだろうか。

私が二七歳になる年の正月に、父が死んだ。心筋梗塞による突然死だった。父が亡くなる二ヶ月ほど前に、私は結納を終えて、結婚式の日取りをそろそろ決めようかという時だった。私の結婚にあわせるように、二ヶ月先に五九歳を迎えるはずだった父は、年齢を考え、手広くやっていた仕事のいくつかを手放していた。その仕事のために何年も元旦からおとそ気分もそこそこに出かける生活を送っていた。が、その年は、仕事をいくつか畳んだ御陰で、久しぶりにゆっくりとした正月を迎えていた。冬休みで実家に帰ったとき、私が父に今年はゆっくりできるねと言うと、にっこり微笑んでいたのを覚えている。それから三週間あまり後、父は帰らぬ人となった。

父が死んだ時は、本当に辛かった。一人になると、よく泣いていた。実家に帰ると父が生きていて、なんだ「お父さん、生きてるじゃない」とホッとする夢をなんども見た。目が覚めて、それが夢だとわかるとまた涙に暮れた。大の大人がと思われるかもしれないが、父が死んでからの一年あまり、少し私はおかしかった。訳もなくはしゃいでみたり、人につっかかったりした。周囲の人間には色々迷惑をかけ、そして助けてもらった。当時私は院生で、生活費を稼ぐため予備校で講師のアルバイトをしていたが、そこの副校長に睨まれ、危うく馘首されかけたりした。父が存命中は、父を頼りにしているとは余り思っていなかった。父がいなくなって初めて自分にとって父の存在がどれほど大きなものだったとわかった。

自分がついた嘘や傲岸な態度、そうしたもろもろの悪行（もちろん刑事罰の対象になるようなことではないが）の償いで、父が死んだのではないかと思ったりした。父のことを忘れて笑ったり、楽しい時を過ごした後には、後ろめたい気分になったりした。本書でしばしば触れるサバイバーズ・ギルト（生存者が抱える罪責意識）に私自身苦しめられていたことになる。第1章の「5　話しと放し」で言及した、娘を亡くしてサバイバーズ・ギルトに囚われた母親の「落ち込んでいる方が、娘がそばにいる気がする」という言葉に私が素直にうなずくことが出来たのも、父が亡くなった後の自分自身が、その母親と似たような状態にあったからだ。

一年ほどして、そうした状態から抜け出すことが出来た。三〇年も前の話だ。だから何を今更を思われるかもしれない。しかし、今だからこそこうして書くことが出来るのだ。父が死んだ当初は、他人に死んだ父のことを、いや父が死んだことすら話すことが出来なかった。七年ほど経ったとき、宴会の席でさほど親しくもない人に自分が二七歳になる年に父親が死んだという話をしてから、父のことを人に話せるようになった。そこでフロイトの言う「喪の作業」が終了したのだろう。そして楽しいことは楽しいこととして、辛いことも辛いこととして、父と結び付けることなく、わが身に起きたこととして体験できるようになった。フロイトの言う「喪の作業」の終了とは、結局死者と自分自身とを切り離して捉えるということであるから。

これは、忘恩の振る舞いとも言える。しかし、人はそのようにして生きてゆくのだと思う。大型スーパーの前の横断歩道に生けられた花を見る度に、切ない気持ちになる。と同時に誰が供えているのか分からないが、忘れることも供養になるのだという思いが去来する。愛する娘を亡くした親がわが子の死を忘れることなどありえないことだろう。しかし、仮に娘のことを忘れて自分が幸せな気分になっても、そんな自分を責めることはないのだと思えるようになってほしいと私は思ってしまう。いや私が願わずとも人はそういう風に生きていくのだと思う。

世の顰蹙を買うようなことでも、それが真摯に望まれたものであるならば、耳を傾ける必要があると思う。なにより私が恐れるのは、一つの流れに社会が染め上げられることだ。震災直後にその重要性が叫ばれた「絆」にも負の側面があった。第5章で触れた沼田真佑の『影裏』が示したのは、桎梏という「絆」のもう一つの顔＝影裏だった。

本書に収められた文章は、未発表の第4章を除き、ここ八年あまりの間に文芸誌等に掲載されたものである。

第1章および第2章、第5章は、川上弘美『神様2011』、高橋源一郎『恋する原発』、いとうせいこう『想像ラジオ』、古川日出男『馬たちよ、それでも光は無垢で』、村田喜代子『焼野まで』、吉村萬壱『ボラード病』、松浦理英子『最愛の子ども』、沼田真佑『影裏』といった、なんらかの形で震災を素材にした作品を扱ったものである。第3章は、震災前の二〇一〇年に発表した評論を改稿したものであるが、震災前に書かれた作品の分析を通じて、むしろいかにして震災の経験を普遍化して語ることができるかが示唆されるだろうと思っている。宮沢賢治を扱った第4章も、賢治自身震災発生の八〇年近く前に死んでいるので、東日本大震災とは直接は関わりがない。しかし、賢治が最愛の妹トシを亡くすという経験を作品化する過程を見ることは、震災で愛する者を亡くした人たちのやり場のない思いを処遇する一つの筋道を示すことになると信じている。終章は学会誌に発表したエッセイを大幅に改稿したものであるが、震災が奇しくも奪っていった、人と人の繋がりについて小津安二郎監督作『麦秋』と夏目漱石『三四郎』といった作品を通して考察したものである。

発表時期も、発表媒体も異なるこれら六つの章は、震災になんらかの形で関わる文学作品を素材にしたという以外に、一つの思いに貫かれている。それは、人は、人の死にどのように向き合ったかということだ。もとより、そこに一つの答えがある由もない。八年の歳月の中で、快活な人生を取り戻した人もいれば、行きつ戻りつしながら少しづつ歩みを進めた人もあるだろう。いまだ愛する者の喪失の痛手から抜け出せない人もいるだろう。この評論集を通じて私が心にとめておいてほしいのは、震災の受け止め方にもその後の生き方にも多様なあり方があるということであり、それを知ってもらいたいということだ。そして、一つだけ願いを述べれば、愛する人を亡くした人も、美味しい食事や楽しい会話、海に沈む美しい夕陽に、死者への疚しさを持つことなく、こころ打たれてほしい。宮沢賢治が「いとしくおもふものが／そのまゝどこへ行ってしまったかわからないことが／なんといふいゝことだろう」と書いたように。

現代文学は「震災の傷」を癒やせるか——3・11の衝撃とメランコリー　目次

第1章　人は震災にいかに向き合ったか——メランコリー・カタリ・喪の作業

1　震災の衝撃とメランコリー

人は、堪え難い悲しみからどのように癒やされるのだろうか。

震災から八年余りの歳月が流れた。震災から五年経過した頃より震災を題材とした虚構《フィクション》の小説が陸続と出版された。天童荒太『ムーンナイト・ダイバー』、彩瀬まる『やがて海へと届く』、真山仁『海は見えるか』、穂高明『青と白と』、桐野夏生『バラカ』、熊谷達也『希望の海』などだ。

これらの作品の発刊自体、作家や読者が震災に距離を置いて接することが可能になっている証左ともいえる。しかし、震災が起きた当初の作家の反応は、現在とはまったく異なるものであった。

震災直後の衝撃と作家の反応

震災発生直後、その惨事を目の当たりにした作家たちの多くは、表現こそ違え、同じことを語っていたように思う。

たとえば大江健三郎は、『晩年様式集』冒頭の「前口上として」で、震災の衝撃について語っている。

そこで大江は、それまで自分の書いていた「長編小説」への「興味を失った」とし、「これまでの仕方で本を読み続けることができなくな」り、「読み始めるとすぐ、心ここにあらずというふうになる」と記している。さらに、この小説出版を機に行われたロング・インタビューで「そうしているうちに、自分の書いている小説にまったく関心がなくなりました」（「大江健三郎ロング・インタビュー」『新潮』二〇一三年一二月号）、と震災直後に作家としての危機的失語状態に陥ったことをより直截に語っている。

よしもとばなな（現在は吉本ばなな）は、震災の衝撃をよしもとらしいノンシャランスな言葉で記している。「多分これはトラウマ的なものだと思うし実はあまりよくないことなのかもしれないが、時間の感覚がまだぼうっとしている。夢の中でみたことを現実だと思っていたり、おとといくらいのことを一年前くらいに思っていたりする。こりゃ、いよいよ来ちゃったかな、私も、と何回も思ったけど、まあいいや、とも思った。」（『新潮』二〇一一年四月号）。

市川真人も、「震災後、僕には、読める小説と読めない小説がくっきり分かれてしまいました」とし、特に「『淡々とした日常や恋愛の機微を描く』のを売りにしてきた書き手の作品に、辛くなったものが多かった」と語っている（『文藝』二〇一一年秋期号）。

高橋克彦は、震災後「絶望の淵に追い詰められていた」という。「自分の仕事に対する疑念が大きく膨らんでいた」からだ。「芸術を愛することこそ人間の人間たる所以であり、心の豊かさの象徴と信じていた。なのにただ一人として書物や音楽、映画、演劇に飢えることなく、ひたすらヨーグルトを求め、貼り付けカイロを探し歩いている」からだ（「絶望の縁から逃れて」『仙台学』Vol.11 二〇一一年四月）。

これら四人の作家や評論家が異なる言葉によって一様に示唆しているのは、震災による現実感覚の変化、世界観の変容ということである。そしてその変容は、市川においては文学的趣味の変化として、大江や高橋においては、より深刻な形で、虚構の世界を描く文学への信奉の危機として現象している。さらに大江やよしもとにおいてその変容は、外界の事象への関心の減衰として、より危機的な形で現れている。家々をなにより人々を飲み込んでいく津波の圧倒的な現実を前に失語状態へと陥ることは、言語表現を生業とする作家にとって自身の存在価値を揺るがせる深刻な事態であった。

失語状態に陥ったのは作家だけではなかった

しかし、震災の苛酷な現実を前に失語状態に陥ったのは、作家に限ったことではない。家族などの愛する者を失った直接の被害者でなくとも、当初二万人を超える死者・行方不明者が出たとされた津波の被害を目にした者の多くは、大江のような失語状態や外界への関心の喪失した状態に陥ったのではないか。

というのも、失語状態、外界への事象の関心の減衰ないしは消失は、フロイトが「喪とメランコリー」で言及したメランコリーに当たるからだ。メランコリーとは、外界の事物に対する関心を失い悲嘆に暮れるあり方だとされており、人間に訪れる一つの精神状態として一般的に広くその存在が認知されるものであるのだ。

2　当事者性と疚しさ

ここで私はあえて、直接的に震災の被害を受けたわけではない人にメランコリーは訪れると書いた。震災の被害を直接被った人は、メランコリーに留まることができないだろうからだ。

震災発生時仙台におり、その後故郷の気仙沼まで救援物資を運んだ熊谷達也は、こう書いている。「大谷海岸の少し先の、潮吹岩で有名な岩井崎のほうに折れ、瓦礫で埋め尽くされた真っ只中で車を停めて降りてみた。／潮の香りはしなかった。磯の匂いもなかった。周囲に濃く漂っているのは、土の匂いだった。（中略）しかも、青空の下の海は、人間の営みや悲劇などに我関せず、と言わんばかりに、あくまでも青く美しいままだ。あまりにも酷い皮肉に、まったく言葉が出てこない。小説を書くことを生業としているくせに、言葉は完全に無力だった。」（『仙台学』前出）。

被災者になった作家の苛立ち

故郷の海岸の変わり果てた姿を目にして熊谷は、言葉を失ったと記している。ここまでは他の多くの作家と同様なメランコリーに熊谷は捕らわれていたとも言えよう。しかし、これ以降熊谷の記す言葉は、他の作家たちとかなり異なる。少し長くなるが引用する。

まずは、三月十一日以来、さんざん飛び交っている「想定外」という言葉に腹が立つ。想定外などという想像力のかけらもない、責任逃れの言葉を口にするのは、政治家や学者、識者と呼ばれる偉そうな人種か、訳知り顔でテレビに出てくるコメンテーターばかりだ。

実際に被災し、家を失い、家族を失った人々は、誰一人として「想定外」という言葉は使っていない。たとえば、たいていの被災者は、「ここまで大きな津波が来るとは思っていなかった」という言い方をしている。あるいは、無言を貫き通すかのどちらかだ。自分がそこまで予想できなかったことを悔いているのであって、誰にも責任転嫁はしていない。目の当たりにしたことを、想定外などという安易な言葉で片付けることなど、到底できないのだ。想定外という死者を侮辱する安っぽい言葉には、責任回避の悪臭がぷんぷん漂っていて、その言葉を聞くたびに吐き気を催す。

震災直後に、原発事故ばかり取り上げていた、中央発信のメディアにも胸糞が悪くなる。そのあいだにも、助けられたかもしれない命が、どれだけの数、瓦礫の下で失われていったことか。なぜもっと早く、もっと大量に、命の瀬戸際に立たされていた被災地に、救助・救援の人員と機材、そして燃料を送らなかったのか。やればできたはずの決断を、なぜそのときしなかったのか。そういう世論を、メディアはなぜ作ろうとしなかったのか。原発が瑣末なことだと言っているのではない。周辺住民の緊急避難が終わった後は、三十キロ離れた地点からの映像を見物していても仕方がないではないか、と言いたいのだ。

メディアに政治や行政のチェック機能があるというのなら、原発の報道を削ってでも、孤立した地区を含めてあまねく被災地にカメラを送り込み、そちらに国民の目を向けさせるべきだったのではないのか。ところが実際にメディアがしたことといえば、東京での馬鹿騒ぎ、つまり放射線騒ぎに始まって水やガソリンの買いだめ、さらには食品の風評被害まで、無意味な騒動を作り出しただけだ。それらの報道に触れるたびに、被災地の人の心は傷つけられた。

（『仙台学』前出）

この文章の主なトーンは、怒りであり苛立ちである。こうした怒りに満ちた激烈な表現が現れたのは、この文章が書かれた日付に関わっているだろう。この雑誌の発行日が二〇一一年四月二六日となっており、校正や印刷の時間を考えると、この文章は震災発生後一カ月程度で書かれたものと推測される。とすれば、震災の衝撃の大きさがそのまま熊谷の激烈な言葉遣いに姿を変えたと考えられる。なにより、熊谷のこうした表現を可能にしたのは、彼自身が仙台で被災し、さらには故郷の気仙沼の惨状を震災発生後の早い時期に実際に目にした、すなわち熊谷自身、被災の当事者であったからだ。つまり、こうした過激な言葉は、当事者意識がなせるわざだ（ちなみにここでの熊谷の言葉は、二〇一三年四月より河北新報等で新聞小説として連載され二〇一五年に単行本化された『潮の音、空の青、海の詩』において登場人物の聡美や聡太の言葉としてほぼそのまま使われている）。

しかしまた、この当事者意識は、視野狭窄にも繋がっている。

情報の限定性により生まれる避けがたい主観性

熊谷は、原発事故の報道よりも津波で被災した人々の状況をマスコミは報道すべきだったし、政府も原発事故の問題解決よりも津波被災地域への人的・物的資源の集中的投下を決断すべきだったという。しかし、事故後その深刻さが次々と明らかになった原発事故による放射能汚染は、決して避難勧告地域だけの問題ではなかった。汚染の危機は事故当時から避難勧告地域以外の福島そして関東一円で懸念されていたことであった。それは、たとえば吉田千亜の『ルポ母子避難――消されゆく原発事故被害者』を読めば明らかだ。この本では、郡山という福島第一原発から八〇キロ離れた都市に住んでいた、幼い子を抱えた母親の苦難が描かれている。郡山でも後に幼い子の健康被害に繋がる可能性のある危険な量の放射能が飛散していた。しかしそうした情報は、マスコミも政府も流しておらず、幼い子を連れて避難勧告のされていない地域から子供を連れて逃げた人々は、ネットの情報や勘を頼りに行動していた。(1)放射能汚染について十分な情報が提供されていなかったというのが実情で、熊谷の言うように原発の報道を削るどころの騒ぎではなかったのだ。

　熊谷が指摘したように、マスコミの報道姿勢により津波で行方不明になったわが子を探す母親に救いの手をさしのべることが出来たかもしれない。しかしまた、マスコミが放射能汚染についてさらなる情報提供をしていれば後に顕在化するかもしれない被曝による幼い子供たちの健康被害を少しでも未然に防げたかもしれない。緊急性という点で言えば、前者を優先すべきかもしれない。しかし、わが子が後者の立場にあったなら、津波で行方不明になった子の捜索を、数年先のわが子の甲状腺癌や白血病のリスクよりも優先するように言える親がどれほどいるだろうか。仮に後者を優先すべきという親がいたとして、そうした親を人は身勝手と批判できるだろうか。

　こう書いたからとて、熊谷を批判したいのではないし、当時の政府やマスコミを擁護したいわけでもない。政府やマスコミの対応のまずさあるいは的確さという評価とは別に、人は、情報の限定性＝主観性を逃れることはできないということだ。

もちろんこうしたことが言えるのは後知恵である。程度の差こそあれ、被災地域以外の人々も十分な情報を得られず、また仮に情報が提供されようとその意味を理解できず、右往左往していたのが実情なのだ。

しかしまた、ならば熊谷の主張を視野狭窄に陥った見解として退けることができるか。多くの人間にそうすることは困難だろう。

なぜか。

それは、熊谷自身が震災の被害を自ら経験し、身近でつぶさに見た当事者であったと判断されるからだ。この当事者性こそ、熊谷の怒りに満ちた言葉を支える源泉だし、またわれわれは彼の言葉をむげにできない理由である。

冒頭に挙げた作家たちのメランコリーは、この当事者でないという意識が生み出す疚しさにこそ由来するものと考えられる。

当事者と非当事者の溝――喪の作業とメランコリー

この当事者性と非当事者の抱く疚しさの問題は、フロイトが「喪とメランコリー」で提示した「喪の作業」とメランコリーの差異にも関わっている。フロイトは、メランコリーと喪の作業をきわめて似たものと捉えている。喪の作業においても、人はメランコリーの時と同様に外界への関心の喪失といった抑鬱的状態に陥るからだ。

ならば、喪の作業とメランコリーの差異はどこにあるのか。それは、その起点にある。喪の作業は、家族や恋人といった具体的な愛の対象の喪失が原因となり発生する。対してメランコリーは、具体的対象の消失がなくとも発生する。たとえば、作家としての文学の価値への信奉の喪失といった抽象的事態によって、場合によってはそうした特定の要因がなくとも起こりうるのだ。

喪の作業は家族などを失った者に生起するが、メランコリーは、家族などのかけがえのない人の喪失がなくとも生まれるのだ。すなわち、震災の非当事者にも起きうる事態なのだ。だから、冒頭に取り上げた、震災の非当事者であった作家たちは、メランコリックな状態に陥ったのだ。

先にメランコリーの状態にあった作家たちは、その非当事者性ゆえに疚しさを抱えていたと述べた。それは一見分かりやすいように見える。愛する者を亡くしたのでもないのに、悲嘆に暮れるのは、本当に被災した者たちに対して申し訳ない気持ちになるからだ。

ならば、愛する家族を失った者が、震災の当事者ということになるのだろうか。ことはそう単純ではない。

当事者とは誰なのか、また当事者性とは何であるのか。

3　当事者性とは何か——年表と歴史

ヘイドン・ホワイトは『物語と歴史』（海老根宏・原田大介訳）において、歴史表現には三つの種類があると指摘している。その三種類とは、年表と年代記と厳密な意味での歴史である。

ヘイドン・ホワイトの指摘する歴史

ヘイドン・ホワイトは、年表の例として『ゲルマン史録』に含まれた八世紀から一〇世紀にかけてのゴール地方の諸事件を記した『サン・ガル年表』を挙げている。その一部を引用する。

七二五　サラセン人が初めて現われた。
七二六
七二七
七二八
七二九
七三〇
七三一　尊者ベーダ長老が死んだ。
七三二　シャルルが土曜日、ポワティエでサラセン人と戦った。

この年表について、ホワイトは、七二五年のサラセン人の侵入について記している点でこの年表制作者は、一見サラセン人がヨーロッパの地への出現したことに関心を抱いているように見えるとする。しかし、その七年後のシャルルとサラセン人との戦闘であるポワティエの戦いについて言及しているものの、その結末について記していない点で、本当にサラセン人の侵入に関心があるのか疑問を感じさせると指摘する。もし、サラセン人の出現がヨーロッパの地への侵略として意識されているなら、最初の出現の一帰結としての戦闘の結果について記すはずだというのだ。しかし、結果についての記述がない点で出現と戦闘との間にこの年表作者は、因果関係を設定しているか不明になる。

また、このポワティエの戦いの起きた年は、現代の西洋史の視点から言うとより重要なトゥールの戦いが発生した年でもあり、それについての記述がないと現代の歴史家から指摘されているとする。また、七三二年のポワティエの戦いについて日時でなく「土曜日」とのみ記されているのも読む者を当惑させるという。

現代のわれわれから見れば不備や欠損の多い、こうした年表が出来るのは、その年表が作者の固有の視点により記録されているからだ。この年表はそれが記された時代から一三〇〇年近く後の時代を（さらにヨーロッパでない日本で）生きるわれわれからすると不可解なものであるが、その理解し難さが、逆にその時代を生きた者のみの持ちうる固有性、換言すれば当事者性を伝えるものだと言える。

固有性＝当事者性を持つ年表には、理解し難い点があると述べた。それはまた、事件の現場にいた者の言葉には、どこか欠落があるということである。直接的に事件を体験した者の言葉には、通常われわれが感じる「臨場感」とは異なるものがあるということだ。たとえば、二〇〇一年に発生した九・一一同時多発テロの際、テレビ画面に映し出された世界貿易センタービルに突っ込むジェット機の映像について、まるでハリウッド映画を見るようだと述べている者が多くいた。しかし、多少とも映画を見たことがある者なら、こんな言葉は表明するはずがない。ハリウッドの映画監督なら、単にロングショットでジェット機が貿易センタービルに激突するだけの場面を撮るはずがない。ジェット機がビルに衝突するロングショットのシーンと映画の登場人物の視点、たいていの場合、そのビル内にいて飛行機の衝突に遭遇するという視点で撮られたシーンとビルに近付いてくるジェット機をアップで撮るシーンとのカットバックで「臨場感」のある絵を作るはずだ。焦点の合わない、あのロングショットの映像が、映画制作者が作ったものなら、間違いなくボツにされただろう。

映画を評する時にしばしば使われる「迫真の」といった表現は、本当に現場に居た当事者が見た光景をそのまま再現したものではなく、事後的に構成されたものに対して使われるものである。

本当に事件の現場に居て、その事件を直に体験した者の言葉はむしろ漠然としており、欠落を多く含むものである。

欠落を含む体験者の言葉

大震災直後の二〇一一年六月に出版され話題を呼んだ本に『つなみ　被災地の子ども80人の作文集』(『文藝春秋』二〇一一年八月臨時増刊号)がある。題名の通り、津波の被害にあった子供たちの書いた作文を掲載したものだ。

その中に、仙台市の若林区で被災した小学校二年の女の子の作文がある。

> 帰るとちゅうに強いじしんがきまま《ママ》ました。つなみがきたからびっくりしました。でもつなみが大きかったので、びっくりしました。つなみがきて大きくなってはじめてです。そのときは、だれもいませんでした。がんばって学校の2かいで1《ママ》(ひ)とりでいたのでさびしかったです。
> 友だちが2《ママ》(ふ)たりいたのでだいじょうぶでした。つなみのせいで大切なものもながされました。

でもこんど家にあったものをさがしにいきます。まどから見てたら50メートルいじょうありました。
でもがんばって学校で一日すごしました。(2)

一読して意味が上手く読み取れない箇所が多数ある。学校の二階に一人でいたと書いているが、次の段落では友だちが二人いたとある。だから、友だちは二人いたが、家族がいなかったので寂しかったということなのか。大切なものが流されたとあり、それは家にあったもののようだが、そのことと窓から見たら五〇メートル以上あったものとは関係があるのか、ないのか。また何が五〇メートルなのか。津波の高さにしては高すぎる。だが、子供の目から見るとそれほど巨大に見えたということか。あるいは五〇メートル以上の範囲が津波で浸水したということなのか。ここも判然としない。

このようにこの少女の作文は意味の不明瞭な箇所が多い。小学二年生の書いたものだからとも考えられる。しかし、同書に掲載された、この子と同じ二年生やより年少の一年生の書いた作文では、自身の体験したことが時系列に沿って整然と書かれている。この少女の個人的資質の問題かもしれない。しかし、そうした形式的に整った作文よりも、この少女のほとんど支離滅裂なものの方が、むしろ読む者の心に強い印象を残す。

過酷な状態にあった少女

実は、震災でこの少女はとても苛酷な状況にあった。津波で母親と幼い弟を亡くしていたのだ。それだけではない。父方の祖父母と母方の祖母を含め一三人の親族を津波で亡くしていた。それ以外にもこの少女の家族には複雑な問題があったことが、この作文集の編者である森健が『つなみ』の子どもたち　作文に書かれなかった物語』で明らかにしている。「つなみのせいで大切なものもながされました」という箇所は、この作文だけからなら、好きな人形などのおもちゃでも流されただろうとしか思えない。しかし、彼女の状況を知れば、この作文の背後には、一〇歳にもならない子供が耐えられるのだろうか思われるほど痛ましい経験が控えていることが推測される。

この少女の作文が断片的なのは、八歳の少女にとって自身に起きたことの大きさを示唆しているとも言える。押し寄せる黒い津波。家族と離れ学校に避難していた時の不安。学校の窓から見えた津波によって破壊された街並み。そして母と弟の死。そうした経験を整然と言葉にすることなど一〇歳に満たない少女には到底できることではないだろう。不安、恐怖、悲しみ、孤独あるいは悔恨。いやそうした半ば抽象化された既成の言語では表現しきれない思いをかろうじて絞り出すように言葉にしたのが、この作文だったのではないか。断片化され、脈絡も不明な言葉の連鎖こそ、混乱した少女の心をかろうじて示している、ともとれる。

抱えきれないほどの経験をした者の言葉とはこのようなものかもしれないのだ。そしてこの少女の作文は、欠落が多くそこに一貫した筋を見出し難い『サン・ガル年表』に似ていないか。サラセン人の襲来、ベーダ長老の死そしてポワティエの戦い。こうした事象の間にどんな結び付きがあるのか、現代を生きるわれわれには不明だ。そもそも、その時々、この年表制作者の心を揺るがせた事件が記されているだけかもしれない。

津波の被災者となった少女の作文と『サン・ガル年表』に欠けているものは、事象と事象とを結び付ける因果の糸ではないか。

「目的＝終末」で結ばれた歴史

ヘイドン・ホワイトは、『サン・ガル年表』の一〇五六年の記述である「皇帝ハインリヒが死に、そして、その息子のハインリヒが皇位をついだ」（ホワイト・前掲書）を取り上げ、そこに物語の萌芽があると指摘している。ホワイトが物語の萌芽と指摘するのは「そして」という接続詞である。ヘイドン・ホワイトは、接続詞の有無が年表と物語としての「歴史」との差異の一つの指標と考えているということである。

もちろん、物語としての歴史と年表との間にある差異は、品詞としての接続詞にあると言いたいのではない。少女の作文にも「でも」といった接続詞は使われている。重要なのは、接続詞の使用に代表されるように、二つの事象の間に何らかの関係性をつける意識があるかどうかということである。

ヘイドン・ホワイトは、歴史を構成する要素となる事件・経験（ホワイトはそれを物語素と呼んでいる）を結び付け歴史へと編成するものを「道徳《モラリティ》」だとしている。歴史を編成する起動力を「道徳」と呼ぶべきかどうかは、議論の分かれるところであるが、歴史をある「目的＝終末《テロス》」に沿って構成された物語として捉えるならば、ホワイトの主張も首肯できるものだろう。そのことは、ホワイトがヘーゲルの「歴史哲学」を援用していることからも推測可能だ。「道徳」という語をそれが通常意味する善悪の判断基準というものよりも広く、歴史を編成する起動力となる「目的＝終末」という意味で使っていると解釈すれば、理解可能だろう。

地震と津波による被害を目にした作家たちが、一様に作家としての無力感を訴えたのも、地震や津波といった自然災害には、「道徳」を設定し、それを歴史化＝物語化することは不可能だからだ。当時都知事であった石原慎太郎が地震と津波を「天罰」と呼び、大きな反感を買ったことがそのことを裏打ちしている。石原の言葉が、津波で家族や親しい者を失った遺族の傷口に塩を塗るような発言であったこともさることながら、自然災害を「天罰」という、あまりに単純な物語へと回収しようとすることへの違和感が、その反感のもう一つの要因としてあった。

4　ハナシとカタリ

歴史を構成する元素となる事件や経験を「道徳」によって歴史へと編成することは、もとより事後的に行われることだ。事件と事件とを因果の糸で結ぶことは、それが経験されている最中では困難であるからだ。

言うまでもなく『サン・ガル年表』にしろ、震災の被災者となった少女の作文も事後的に書かれたものである。しかし、それらがある生々しさの感覚を持っているのは、そこに因果という事後性の一つの指標となる要素が欠けているからだ。

人の心を打つ話とは

少女の作文の持つ特性は、たとえば同じように実際の被災者の書いた文章を集めた『3・11　慟哭の記録』と比べれば明らかになる。

たとえば、石巻市の大川小学校に通う娘を亡くした女性の文章はこうだ。

３月16日長女の無事を伝えるため自宅に帰りました。その日の午後、震災から五日目、初めて釜谷の現場に行きました。娘を探してあげたくて、大川小学校のある現場へ夫と二人自転車で向かいました。震災後初めて見た大川小学校校舎と釜谷部落。何がどうなったのか、なんで校舎の上にガレキがいっぱいあるのか？　北上大橋も途中で切れてるし……

あの街並みは……？　子供達の笑顔は……？　涙があふれてきました。

ダメだぁ〜　こんな所まで津波が来たんだぁ？　愛はどこまで行ったのか、探してあげる事ができるかなぁ？　でも、もしかしたら山に逃げているかもしれないという一途な願いを胸に、その日から捜索の日々が始まりました。（中略）毎日毎日ガレキの上、山の中、水の中と生死のわからない我が子を探すために歩きました。もしかしたらと思い、山に向かって「愛!!おかあさんだよ!!迎えに来たよ♡もう怖くないから出ておいで!!」と呼びかけました。

この女性のように家族を失った者、また友人や知人が目の前で津波に呑まれゆくのをただ見ているだけしか出来なかった者など、それぞれの悲嘆や痛恨の思いが、この本には記されている。読むだけで涙を抑えることが難しくなる文章も多くある。

だがそれは、『３・11　慟哭の記録』に収められた文章には被災の現場を知らないわれわれの涙を誘うほどの構成力があるということでもある。家族の情愛の深さ、愛する者との別れといった、人種や国籍を超えて人の心を揺さぶる普遍的物語へと彼らの経験が編成されているからだ。

ハナシの即興性とカタリの形式性

少女の作文と『3・11 慟哭の記録』との差異をもたらすものは何か。それは、野家啓一が西郷信綱の『神話と国家』を援用して指摘した、カタリとハナシの違いに相即するものと考えられる。西郷はハナシを以下のように規定している。

> ではハナシとは何か。それは、やはり玉勝間にハナシは放しかといい、また俚言集覧にハナシというも、もとは放の義なりとしているに従ってよかろう。つまり、言葉を口から自由に出して雑談するのがハナシであった。だから図に乗りすぎるとそれは「放言」になり、ハナシ半分に聞いておくということになりかねない。うまいハナシとか、まァハナシだがなどといういいかたにも、ハナシのもつ自由さ、気楽さがうかがえる。
>
> （『西郷信綱著作集』第三巻所収「神話と国家」）（傍点原書）

他方、同書で西郷は、カタリ（カタル）をまた以下のように説明している。

> カタルは、かなり多義的で一義化しにくいが、最近の辞書に「聞き手を意識して一まとまりの内容を話しかける」（時代別国語辞典）、「出来事を模して相手にその一部始終を聞かせる」（岩波古語辞典）、

「物事を順序だてて話して聞かせる」（日本国語大辞典）等とあるのによって、ほぼその原義をうかがうことができる。そして倭訓栞や大言海などが、カタルを型・象《カタ》と関係づけているのは、たぶん的中していると思う。カタリは始まりと終わりのある、方式のととのったものいいで、カタリ部とかカタリゴトとかいう神話的・祭式的なカタリが一方の極に存した。[3]

野家はこの西郷のハナシとカタリの定義から「話し」と「語り」の差異を自由性と形式性にあるとする。

ハナシとは、「口から自由に出して」反省的意識の検閲を経ず即興的に言葉にされたものであるのに対して、カタリは、「一まとまりの内容」の「一部始終」を「順序だてて」言語化したものであるのだ。『3・11　慟哭の記録』の文章には因果律といった「形式性」が備わっているから、震災の直接的被害を受けていないわれわれ第三者もその文章を理解できるしまた追体験可能であり、涙を流すことができる。反対に少女の作文には「形式性」が欠落しているがゆえに少女の衝撃の大きさを類推することは出来るが、追体験は困難なのだ。

ハナシの自由性、即興性とカタリの形式性の差異は、震災発生後最も早い時期に震災を扱った作品として注目を集めた一連の小説について考察する上で重要な論点となる。しかしこの問題を論じる前に、先に確認せねばならないことがある。

それは、ハナシの原義が、「放し」にあるということである。

話すことは、「放す」こと、つまり自己の固有の経験を言語という共有物にして自己の外部へと放出するということなのだ。

5　話しと放し

話すことは、固有の経験を外部へと放出すること

話すことが放すことすなわち放出することに通じるということに、少女の作文の持つ迫真性の源泉がある。そしてまた、少女の作文が断片的で脈絡を欠いたものであることの意味もそこから見通すことが可能となる。

話すことは自己の経験を外部へと言語化し放出することであるとするならば、自由性をその特質としたハナシにも、形式性の萌芽が含まれているとも言える。

少女の作文が断片的なのは、自身の固有な経験を充分に形式化できなかったからだが、それはまたその固有の経験が形式化されることを拒んでいたからだとも言える。

ならば、なぜ経験が言葉として話されることを拒むのか。

それは、話すことが放すこと、離すことに繋がるからだ。話すことは、自身の経験を言葉にして、自分の身から引き離し、他者と共有可能なものにすることである。この他有化を経験は拒むのだ。なぜなら、それは経験の忘却の始まりになるからだ。

サバイバーズ・ギルトと話し

ラカンの最初期のセミネールである『フロイトの技法論』にこんな逸話が記されている。マーガレット・リトゥルの精神分析を受けている患者が、自分の母親が死んだ後ラジオで講演することになったという。この患者の心の病において母親はきわめて重要な意味を持っており、患者はその死をたいそう悲しんだが、ラジオの講演は見事に果たした。しかし、次のリトゥルとのセッションに患者は錯乱に近い混迷状態で現れた(4)。その患者に向かって、リトゥルは、その混迷は、彼が持つリトゥルへの嫉妬心が原因だと指摘したという。

ラカンは、この患者に対するリトゥルの対処を問題視しているが、ここで注目したいのは、母の死の後で立派にラジオでの講演を行ったにもかかわらず、患者がその後錯乱に近い状態になったということである。なぜ、患者はそうなってしまったのか。それは、阪神・淡路大震災の際に有名になったビヴァリー・ラファエルが『災害の襲うとき――カタルトロフィの精神医学』で指摘したサバイバーズ・ギルト（生存者の抱える罪責意識）に由来するだろう。

リトゥルの患者にとって母親は、精神の失調の原因になるほど大きな意味を持つ存在であった。だからその死は途方もないほど大きな痛手であったはずだ。にもかかわらず、彼は立派にラジオの講演を成し遂げた。しかしそのラジオ講演の成功が彼には母親に対する裏切り行為と感じられたのだ。講演の成功は、母の死があたかも大きな問題でなかったからだと思われるだろう。実際はそうでないのに、何事もなかったかのように講演を見事になし遂げてしまった自分が許せないと彼は思ったのだ。だから、錯乱に近い混迷に陥った。

震災のもたらすサバイバーズ・ギルトの問題を考察するうえでより相応しい例をもうひとつ挙げよう。阪神・淡路大震災発生直後から精神科医として避難所を訪問し精神科救護活動に従事した安克昌は、震災で家族を亡くした人の心のケアの問題を考える手がかりになったものとして娘を事故で失った女性患者の例を挙げている。

「別に生きていてもしようがないんです。娘の思い出にひたって生きていたいんです。娘のことを忘れたくないんです。お酒を飲むと、娘がいたときの記憶にもっとひたれるようになるんです」「こうやって落ち込んでいる方が、娘がそばにいる気がする。私が元気になったら娘が遠ざかってしまう」。

（『心の傷を癒すということ』増補改訂版）

この女性は、震災で家族を失ったわけではないが、彼女の言葉は、サバイバーズ・ギルトがいかなるものか端的に示している。娘の死によって出来た心の傷から癒やされること自体が彼女の罪責意識を刺激するのだ。

家族や恋人といった愛する者を失った人は、心に大きな痛手を抱える。そうした人たちのグリーフ・ケアにおいてその体験を言語化することが一時期推奨された。

そうした治療法の一つにＣＩＳＤ（緊急事態ストレスデブリーフィング）がある。災害発生後七二時間以内に被災者を集め、その体験を話し合う機会を提供するものである。このＣＩＳＤについて、斎藤環は、近年その効果が疑問視され、あまつさえ、それはＰＴＳＤ（心的外傷後ストレス障害）を引き起こしやすくするという研究もあると指摘する（「〝フクシマ〟、あるいは被災した時間」『新潮』二〇一二年一月号）。家族を失った悲しみを話すこと、言葉にして外化することは、体験を自身から引き離すことに繋がるからこそ、それは癒やしどころか、その痛手をさらに大きくすることに繋がるのだ。

震災直後、被災者が慰めや励ましの言葉をかけられた時の特徴的反応がある。

池澤夏樹は、山浦さんという大船渡の医師の経験についてこう語っている。

昔からよく知っている老いた患者がやってきた。診察しながら「生きていてよかったな」と言うと、「だけど、俺より立派な人がたくさん死んだ」、と言って泣く。気づいてみると患者と手を取り合って泣いている、医師なのに。

それでも、たくさんの人の罹災の話を聞いたけれども、「なんで俺がこんな目に遭わなければならないのか？」という恨みの言葉にはついに出会わなかった。日本人は、東北人は、気仙人は、あっぱれであると山浦さんは言う。

（『春を恨んだりはしない——震災をめぐって考えたこと』）

自身の体験を過小評価するような言葉は、この老人に限ったことではない。宮城県でボランティア活動を行っていたチーム王冠の伊藤健哉さんが在宅被災者への支援活動を続ける中で出会った最初の壁は、津波浸水地域のどこに行っても、「ほかの人を助けてあげて」という言葉だったという（岡田広行『被災弱者』）。つまり自分も被災者だが、家族を失い家を流された人に比べれば、その不幸は大したものではないということだ。こうした言動が現れたのは、東日本大震災だけではなかった。

癒えることへの罪障感

安克昌は、阪神・淡路大震災時、同僚として働いている医師や看護師の中には、自分自身も被災者である者たちがいたが、彼らに「『たいへんでしょう』と声を掛けても、『命が助かっただけよかったです』、『だいじょうぶです』、『地震なんだから仕方がないです』、と自分の被害を控えめに話」していたと指摘している（安・前掲書）。

このように自分の被災経験を過小評価するのは、より大きな被害を受けた者がいるからだが、そうした言葉にも、家族を失った人たちが示す癒やされることへの拒絶と同じ心的機制が働いていると考えられる。

家族を失った痛手から癒えるには、その経験を言語化することが不可欠だろう。しかし、失われた存在が、その人にとってかけがえのないものであればあるだけ、その喪失感を言葉にして痛手から癒やされることそのものが当人には許しがたい裏切り行為に感じられるのだ。安の患者であった女性の「落ち込んでいる方が、娘がそばにいる気がする」という言葉は、かけがえのない人を失った者の心の有り様を直截伝えるものである。

言語化の拒絶と作家の疚しさ

こうした痛切な経験を言語化することへの拒否に、本章の冒頭で触れた作家たちが震災直後に示した表現することへの疚しさの問題を考察する上での示唆が見出される。

大江健三郎や高橋克彦といった作家たちは、言葉への不信感を抱き、作家として危機的状態にあった。

それはメランコリーだとしたのだが、こうした作家たちと同様に言葉への不信感を口にした別の作家がいた。二〇一六年に震災の経験をお涙頂戴式の安易な美談でなく、きわめて批評的な意識を以て書かれた『バラカ』という作品へと結晶化させた桐野夏生である。

桐野夏生は、震災直後に自身が抱いた思いをこう記している。

激しい肉体的苦痛と、腰を抜かすほどの恐怖の中で死ぬのは絶対にいやだと思っていたが、そんな想像など遥かに超えた災いと無惨な大量死を見た。その時、言葉にできないもどかしさ、いや、言葉になどしてはいけないのではないか、という自制が生まれて、私の中でで硬いしこりとなったようだ。

（『新潮』二〇一一年四月号）

ここで桐野は、大江らと同様に震災により失語状態にあったと語っている。しかし、桐野の言葉は、大江らの反応は少し異質のものである。桐野は、想像を絶する事態に失語状態になっただけでなく、「言葉になどしてはいけないのではないか、という自制が生まれ」たと語っていた。言語化へのためらい、言語化することへの忌避感を口にしたのは、彼女だけではなかった。

詩人であり作家である平田俊子は、こう語っている。

震災をテーマに詩を書くことの是非を問われる気がしました。どこに住んでいるのか、被災地との関わりがどの程度あるかによって、震災を詩にするのか、あるいは控えるのか。個々人が試されたと思います。私は東北に住んだことはないし、親類縁者もいない。何か言いたいけれども、自分が言う立場にあるのか、とも思う。この事態とどう向き合えばいいのか悩みました。

（「鼎談　震災と詩歌――過去、現在、そして未来と向き合う『言葉』たち」『文藝』二〇一五年夏季号）

自身も福島のいわき市へと向かう途上津波に逢い被災者となり、その経験を『暗い夜、星を数えて――3・11被災鉄道からの脱出』にまとめた彩瀬まるもまたその後書きで震災について書くことへの忌避感についてこう記している。

震災直後、「被災のルポを」という話を編集さんから頂き、まず思ったのは「はたして私にそれを書く資格があるのか」ということでした。私はあくまで通りすぎていく一旅行者としてあの地に留まっていたに過ぎず、現地の方々の生まれた土地を波にえぐられた悲哀、大切な人を失った身の凍るような喪失感、それまでの暮らしを奪われた苦悩を、けして分かち合える立場ではありませんでした。

平田は、東北に縁もゆかりもない自分に震災のことを書くいわれがあるのかを問うた。福島の旅行中に被災した彩瀬は、被災者であったにもかかわらず自分には「書く資格」がないのではないかと言う。二人の疑念は正当なものに思われる。とすれば、東北で暮らし、震災の被害を受けた者だけがそれについて書く資格があることになる。

しかし、もし、そうなら、なぜ震災で家族を失った者たちが、その経験を語ることでさらにその心の傷を深めることになるのか。東北に縁のない平田も東北をたまたま旅行中だった彩瀬も書く資格がないと考えた。そして震災で家族を失った者たちまで、その喪失感を言葉にすることを躊躇した。ならば、一体誰がその経験を言葉にする資格があるのか。

最大の被災者は誰か

それは、震災で最も大きな損失を被った者だろう。最大の喪失とは、生命の喪失である。本当に震災を語る資格を有する者がいるとしたなら、それは震災で命を失った者以外にない。

「助けて」という叫びを上げ、手を伸ばした者の手を握ることの出来なかった者がいた。年老いた祖母の手を引いて逃げる時、津波に飲み込まれ思わずその手を離してしまった者がいた。親子で倒壊した家屋の下敷きになり、子供の救出を救助者に依頼しつつも自身しか救助されなかった者がいた。そうして生き残った者たちは、それぞれに自身が助かったことに罪の意識を抱えねばならなかった。彼らの罪責意識（サバイバーズ・ギルト）は、死んでいった者の無念さの裏返しである。だから、生き残った者がそうした経験を語ることは、死者の無念さを代弁することになるはずだ。だが、それはまた、本来ならば、死者が語るべき言葉を詐取することでもある。

作家たちが口にした、自分には書く資格があるのかという問いは、死者に成り代わって書くことの是非をめぐる問いかけであったのだ。

震災の一番の当事者が、震災で死んでいった者たちだとすれば、それについてハナスことの出来る者は、死者のみになる。もとより死者はハナスことは出来ない。とすれば、震災について本当にハナスことが出来るものは誰もいないことになる。

作家が、震災について書くことにためらいを感じたのもそうしたことであったはずだし、また被災者であった彩瀬ですらその資格を問わねばならなかったのも、同じ理由による。被災者が自身の被害の度合いを過小評価するのも最大の被害者である死者を意識してのことであろう。

しかしまた、死者以外に本当の当事者がいないとしたら、誰も震災のことをハナスことは出来なくなる。だからこそ人はためらいながらも、震災の経験を死者に成り代わって言葉にするのだ。

そこで問題になるのが、では、震災の経験をいかにして、言葉にするかだ。

ここで再度ハナシとカタリの差異が浮上することになる。

6 『神様2011』『恋する原発』――ハナシとカタリ(2)

ハナシは即興性と自由性をその特質とし、カタリは規則性がその本質にあると述べた。

震災の経験を言語化する際に求められたのは、何より当事者性であった。桐野や平田あるいは被災者であった彩瀬まで、震災の経験の言語化に疚しさを覚えたのは、自分が当事者性を持ち得ていない、あるいは現場にいたが単なる一旅行者としてそこに居合わせただけで充分に当事者性を持っていないと考えたからだった。

先にハナシとカタリの差異について論じた際、少女の作文や『サン・ガル年表』がハナシに近いものだと指摘したのは、それらにはカタリの持つ特性である規則性、換言すれば、因果性が欠落しているからであった。
少女の作文や『サン・ガル年表』の脈絡のなさが、逆にそこに記された事件の甚大さを伝えまた現場を知る者の衝撃の大きさを示していると思われたのだ。裏を返すと、規則性すなわち物語性のあるカタリは、その脈絡ゆえに事後的に構成された談話のように思われ、臨場性や当事者性を欠いたものに見えてしまう。それは、震災直後に、大江健三郎の、震災前まで書いてきた自分の小説や読書への関心を失ったという発言や、あるいは市川真人が「淡々とした日常や恋愛の機微を描く」小説が読めなくなったと言ったことがその証拠となる。つまり、規則性＝物語性が濃密にある小説は、嘘くさく思われてしまうのだ。(5)

ここで、震災後最も早い時期の文学的達成といえる三つの作の問題について考察が可能となる。

川上弘美『神様２０１１』

まず川上弘美の『神様２０１１』だが、川上はこの作品を作るにあたり高橋源一郎が指摘したブリコラージュ（あり合わせのものによって仕事を成し遂げること）という方法を使った（「インタビュー『恋する原発』――処女作への回帰と小説家の本能」『群像』二〇一二年一月号）。なぜ、川上は一から震災を描く小説を書くのでなく、彼女の実質的デビュー作と言ってもよい『神様』の文章をところどころ改変するという方法によって震災を描いたのか。

それは、なにより当事者性を重視したからだ。放射能汚染の問題を多角的に扱い、推敲を重ねた規則性＝物語性のあるカタリは、その完成度ゆえにむしろ臨場感を喪失していく。当時求められたのは、作家としての即興的対応であったはずだ。川上の採用したブリコラージュという方法は、ハナシの持つ即興性、自由性を示すものであった。川上自身自作について、「そのときの私にとって、福島は他所事じゃなかった。だから外から書くというより、むしろ内にいる気持ちで書きました」と語っている（「座談会　県境を越える文学」『すばる』二〇一三年一一月号）。

高橋源一郎『恋する原発』

高橋源一郎の『恋する原発』もまた、カタリの持つ規則性＝物語性に抵抗すべく書かれた作品である。しかし、高橋の場合、カタリの規則性＝物語性を廃棄し、ハナシの自由性、当事者性を実現するためにとった方法は、込み入ったものである。たとえばそれは震災後にＡＶ映画を撮ろうとする「おれ」の言葉に端的示されている。

「ほら、あたしのあそこが濡れてる……あなたの……すごいわ……はやく、触って」とか。それが面倒くさい、というのだ。**なんか文学っぽくてヤだ**、というのだ。どこが、文学っぽいんだよ！　まあ、文字が、というか活字が印刷してあるだけで、嫌われるのだ。

もうすぐやって来るにちがいない。**無文字社会が**。

ここは、ヌードグラビアを掲載したいわゆるエロ雑誌が衰退した原因を述べた箇所だが、それは、本章の冒頭で取り上げた大江健三郎や高橋克彦が口にした文学の無力感の表明の正確な写し絵である。

と同時に、文学の無力さをエロ雑誌衰退の原因分析の言葉として記した点で、それのパロディにもなっている。というのも大江や高橋の言葉は、震災の現実を前にした文学の無力感の表明であるのだが、それはまた文学が神聖なものである、あるいはそうあるべきだという信仰告白でもあり、そうした意識そのものがきわめて近代的特権意識の表れであることはすでにピエール・ブルデュー（『芸術の規則』）やあるいはポール・ベニシュー（『作家の聖別』）の研究を通じて明らかにされているからだ。

文学の無力さ表明と当事者意識

文学の無力さの表明自体、凄惨とも言える震災の現実を前にした素直な言葉であるのだが、それは悪意を以て解釈すれば、家族を失い家を流された被災者に対して、あなたがたも大変でしょうが、われわれ作家もまた信じていた文学の無力さを痛感させられた悲痛な経験をしたのだと告白し、被災の当事者たらんとする言葉とも取れるのだ。

仙台に住み震災の被害を直接被りあまつさえ故郷の気仙沼の悲惨な状況を震災発生直後に目にし、その経験を元に作家の中でも最も激烈な言葉を綴った熊谷達也は、二〇一一年七月号の『群像』のエッセイで「三月十一日以後、仙台に住む私は、中央から発信される言葉の多くに、妙に苛立ち、腹が立って仕方がない日々が続いている。腹が立つ言葉を運んでくる媒体も様々だが、いつものように送られてきた各出版社の小説誌（四月発売の五月号）には、正直、反吐が出そうになった。こんなときに、暢気に小説なんか書いている場合か？　書かせているほうも阿呆だが、書いているほうも輪をかけて阿呆だ」と書いている。

熊谷の言葉は、被災者の心情を代弁してあまりあるものだ。作家の表明した痛恨の念など実際に被災した者には屁の突っ張りほどの価値もないものであったはずだ。

だから、高橋が『恋する原発』でとった方法は、文学の、あるいは言葉の、無力さを素朴に表明することで被災者の仲間に入るのでなく、そうした言説を茶化すことで「作家意識」に批評的距離を置き、安易に当事者性を確保しようとはすまいとすることで間接的ながら当事者性を維持しようということであった。

『恋する原発』のクライマックスともいえる、原発の前で二万人でセックスするシーンを撮影するという設定の意味も、当事者性に距離を置くことでかろうじて当事者性を獲得しようとすることにあると言えよう。

すでに指摘されているようにこの二万人という数は、震災の死者・行方不明者の数を示すものである。そうした数でのセックスシーンは端的には死者への冒瀆ということになる。そうした冒瀆的表現が必要とされたのは、震災発生以後に日本中を覆った死者への追悼と自粛の空気へ抵抗するためである。なぜ抵抗せねばならないのか。それは、追悼を、本当に追悼を必要とした者たちの元へ送り返すためだ。

二万人の死者・行方不明者がいるということは、その数倍の遺族・関係者がいるということである。仮に一〇倍いるとして二〇万人だ。それは膨大な数だが、それ以外の者にはその死は無関係なものである。

現在日本では日々三〇〇〇人前後の人々が病気や事故等で亡くなっている。一週間で震災の死者・行方不明者と同等以上の人が亡くなっていることになる。しかし、われわれは特に家族や知人がその中に含まれない限り、何事もないように生活を送っている。震災の時のみ、無関係な人間までも追悼に加わるのは、いかにもお為ごかしな振る舞いではないか。だから、震災の死者・行方不明者の数に該当する二万人でセックスするという設定は、当時日本中を覆った追悼と自粛の空気の欺瞞性を暴き、追悼を本当に追悼の必要な人々の元に届けるためのものであった。

それは、追悼という現場に被災者でない者は参入すべきでないし自身も参入しないという意思を表明することである。そのようにして、被災者の当事者性を保護し、結果的に当事者性に間接的に関わっていくという方法である。

物語性の希薄な小説

ところで、川上の『神様２０１１』にしろ、高橋の『恋する原発』にしろ、それらは、ハナシの即興性や自由性を生かす一方で、カタリの規則性＝物語性を拒絶するものであった。高橋の場合、デビュー以来物語批判的小説を書き続けている作家であるから、『恋する原発』もその延長線上で理解可能だ。しかし、川上は『神様』以降、『センセイの鞄』などに代表されるように物語性を濃厚に持った作品を書いてきた。ならばなぜ震災時に物語性の希薄な作品を書いたのか。

一つには、これまでに述べてきたように、カタリの持つ規則性＝物語性は事後的に付与可能なものであり、震災の圧倒的な現実の前では、その手の物語性は、いかにも嘘くさいものとして感じられるということがあるだろう。実際、震災から五年を経過した頃から発表され始めた震災を題材にした小説は、熊谷達也の、気仙沼をモデルにした「仙河海市」という架空の都市を舞台にした連作に代表されるように、物語性を濃密に持った作品が中心だ。本章の冒頭に挙げた作品はすべて、虚構の物語的作品ばかりである。つまり、震災の経験を物語としてカタリに変換するには、それだけの時間が必要だったということである。

しかし、カタリへの忌避感は、震災発生からの時間差の問題だけに起因するものではない。そこには、ここまで述べてきた当事者性とは異なるレヴェルで当事者性の問題が関わっていると考えられる。ならば、それは何か。

7 『馬たちよ、それでも光は無垢で』——ハナシとカタリ(3)

この問題を考察する上でここで取り上げたいのは、古川日出男の『馬たちよ、それでも光は無垢で』である。

古川日出男『馬たちよ、それでも光は無垢で』

川上や高橋の場合と異なり、古川は、まさに当事者性を獲得せんがために、震災発生から三週間あまり後の四月上旬（小説の記述から四月六日と考えられる）に福島県の相馬市に入り、津波の被害をそして目には見えない放射能汚染の有様を実体験しようとする。

福島の郡山市出身である古川にとって震災は、故郷の危機であり、その点で東北出身でない川上や高橋よりも当事者性は高い。だからこそ、故郷の危機をこの目で確認せねばならないという思いが古川を福島へと駆り立てたと考えられる。

この衝動は、自然なものに思われる。福島に生まれた者が故郷の危機を見ねばならないと思うこと自体不思議はない。しかし、作家であることとそれはどのような関係があるのか、という問いに古川は囚われることになる。

私はどうして東北六県の小説を書いたのか。
その六県が封鎖、封印されるような小説を？

古川が、この小説において、これまで自分の書いた小説と東北との関わりをしきりに問いかけるのは、福島で生まれ育ったことと小説家であることとの結び付きを知るためである。ならば、それに対する答えは何か。

私には孤児の感覚がある。どうしたって孤児ではないのに。

なぜ孤児なのか。それは古川が小説家であるからだ。ならばなぜ小説家は孤児なのか。マルト・ロベールといった名前を口にして、剣呑な議論をここで展開することは控えるべきだろう。それは、作家としての本質的な問いかけをありきたりの概念によってやりすごすことになるからだ。

孤児としての小説家

なぜ孤児か。孤児とは、親のない子供、帰るべき故郷を喪失した者のいいである。古川が孤児であるのは、福島で生まれたことと作家であることの間には必然的関係はないからだ。大江健三郎にとっての愛媛の大瀬村の森あるいは中上健次にとっての紀州は、彼らの小説空間の母胎になった地である。しかし、彼らが作家になったのは、それらの地で生まれ育ったからではない。作家として、創作の過程で自身が生まれ育った地を選び取ったのだ。その地を選び取るためには、一度故郷から根こぎにされねばならない。孤児になるとは、そういうことだ。それは、作家になることと相即した事態だ。われわれは、親を選べないように、母語を選ぶことは出来ない。しかし、意図的に言語を操る、あるいは操ろうと意志するものである作家は、表現者となるために、所与の言語（もちろんそこには母語以外の、習得された外国語も含まれる）を表現するための母語として選び直さねばならない。そのために作家は、一度母語を喪失する必要がある。

古川が、狗塚牛一郎という『聖家族』に登場した人物をあえてこの作品に登場させ、彼の導きによって小説空間を創設しようと試みるのは、故郷から根こぎにされた孤児の小説家古川が福島を故郷として選び取るためである。

しかし、その試みは流産し続けることになる。なぜか。

> 問題は私がいま小説を書いていていないということなのか。書けない。（傍点原書）

なぜ小説を書いていないのか。書けないのか。求められているのは、規則性＝物語性のあるカタリではないからだ。福島に生まれ育った者として、被災地の現実を知り、「苦をともにする」ことだからだ。そのためには、規則性＝物語性のあるカタリではなく即興性、自由性のあるハナシが必要だからだ。しかし、それは小説家の役割だろうか。現場の実情を知り、それを「ハナス」のは、むしろルポルタージュの仕事だろう。そこで古川は引き裂かれることになる。小説家であることへの矜持とそれへの忌避感の間で。だから、古川は、狗塚牛一郎の登場により物語を起動させようとしつつ、ついにそれをなしえない。

古川の『馬たちよ、それでも光は無垢で』は、小説家が二万に近い死者・行方不明者の出た現場に赴きそれに向き合い、それを渾身の力で描こうとした「無残な」しかし貴重な成果である。

ここにおいて、古川の作品と川上や高橋の作品との差異が浮上してくる。古川の作品に表れる引き裂かれた感覚が、川上や高橋の作品にはないのだ。

なぜだろう。それは、川上『神様２０１１』も作品も高橋の『恋する原発』も福島第一原発の放射能汚染を主題化したものであるからだ。対して、古川の『馬たちよ、それでも光は無垢で』は、放射能汚染の問題と同時に津波による被害を視野に収めている。

ここに東日本大震災における、もう一つ別の当事者性の問題が露頭している。

8 津波と放射能汚染

地震により関東圏で暮らす者たちもそれなりの被害があった。液状化現象で家に住めなくなった者もいたし、崩落事故に巻き込まれ死んだ者もいる。しかし、東北の沿岸部を襲った津波の被害に比べれば、関東での被害の多くは、被災したというのも憚られるようなものだった。地震とその後の津波の被害については、関東も含め、東北以外の地に暮らすほとんどの者にとってそれは、あえて言えば、他人事であった。

しかし、原発事故は、関東に暮らす者も一挙に被災者にした。というよりも、これは斎藤環が「〝フクシマ〟、あるいは被災した時間」で繰り返し強調している点だが、福島第一原発におけるメルトダウンの問題は、福島の避難勧告地区以外に暮らす人間の多くを潜在的被災者にした。つまり、津波に関して他人事であった地震という出来事を、メルトダウン事故は、一挙に自分たちに降りかかった災厄に変えたのだ。それによりわれわれもまた、地震による被害の現場にいる当事者になった。

原発事故と津波の被害

川上や高橋が、震災発生後の早い時期に震災を扱った小説を発表し得たのは、関東に暮らす者を、潜在的なレベルとはいえ、被災者とした原発事故を作品のテーマにしたからだ。津波の直接的被害者でなくとも、原発事故ならば、当事者でありえたからであった。つまり、川上も高橋も津波の被害については当事者というには遠いところにあった一方で、原発事故による放射能汚染の問題については当事者であったということだ。

他方古川が引き裂かれるのは、福島の沿岸部は、津波で被災したと同時に原発からの放射能汚染で被災した地でもあったからだ。

古川は、作品の中で「被曝せよ」と口にする。実際相馬からさらに南下すれば、当時確実に放射能による被曝の値は上がったはずだ。しかしまた、彼は、その地を訪れても津波の被災者にはなり得ない。当事者でありながら、当事者たり得ないという矛盾したあり方が、古川の作品における分裂のもう一つの要因である。

ところで、放射能汚染の被災にはもう一つ別の問題がある。

判然としない放射能汚染の被災者

先に、関東で暮らす者も原発事故については当事者であり得ると述べた。しかしまた原発事故の被災者は、潜在的なものである。この被害は目に見えないものであるのだ。かろうじて測定器の示すベクレルという聞き慣れない言葉によってしか、危機の度合いは分からない。いや解ったところで、避難指定地区以外のところでは、その被害は数年後に一定のパーセンテージで現れるかもしれないというレベルだ。だから、だれが被災者なのかは、判然としない。

この放射能汚染の問題をいち早くツイッターによる短詞という形で伝えたのが、和合亮一である。彼はこのツイートによって名を馳せるが、同時に反感を呼んだ。このツイートは一種の売名行為として批判されたのだ。こうした彼への反感の理由の一つは、放射能汚染の被害者の不分明さに由来するだろう。原発事故の詳細も分からず、したがって誰が被災者かも不明瞭な段階で「放射能が降っています。静かな夜です。」といったツイートによって和合は注目を集めたわけだが、彼への注目によって、潜在的被災者たちは、自分たちにも注がれるべき注視と同情を奪取され、占有されたように感じたのだ。

避難勧告地域に住み、生まれ育った故郷を捨てねばならなかった明らかな被災者はいるが、原発事故の被災者は誰なのかという問題は、先に取り上げた『ルポ母子避難――消されゆく原発事故被害者』で描かれた被災の問題を複雑にする要因である。避難勧告地域以外の福島に住む者たちの間でも、放射能汚染の問題に対する反応は一様でなく、同じ家族でも避難するのかその地に留まるかで対応が異なり、それが離婚や一家離散の原因にもなっているからだ。

だが、こうした放射能汚染の当時者の問題とは別に、震災を描こうとする作家が直面せねばならないのは、結局誰が本当の被災者であり、そしてその被災について誰が書く資格があるのかという問題である。

ここで、再度本当の被災者である死者の問題が浮上することになる。

9 死者の語り

本当の被災者が死者であるとしたら、それについて誰も書く資格はないことになる。その問題を最も早くに作品化したのは、高橋源一郎であった。

注目すべきは、一万組のカップル、すなわち二万の人々が、福島第一原発の前でセックスを始める場面でウィー・アー・ザ・ワールドの歌が流れる箇所だ。

おれの隣で**マイケル・ジャクソンが歌っている。その隣ではジャニス・ジョプリン。それから、ジミ・ヘンドリックス、ブライアン・ジョーンズ、ジム・モリソン、カート・コバーン、坂本九、尾崎豊、忌野清志郎……。生きてるやつはいないのか……。**やつらが歌うと、なんだか歌詞がよけい身に沁みる……。**時々、これがＡＶであることを忘れそうになる……。ふつうのチャリティーじゃないか、これじゃ……ダメだ、そんなの……。**

震災の津波による死者の数を意味する一万組二万人の、セックスする人々の後ろで歌うのは、マイケル・ジャクソンやジミ・ヘンドリックス、忌野清志郎といったいずれも物故したシンガーである。震災の最大の被災者、そして当事者は、死者であった。だから、死者こそ、震災の経験について最もハナス資格のあるものだった。しかし、彼らは、二度と言葉を話すことが出来ない。だから、彼らの代わりに、生き残った者が、彼らの声を代弁せねばならない。しかし、何を話せばよいのか。そもそも話すことは、放すこと、彼らへの思いを、悔恨の念を、罪責意識を手放すこと、死者を忘却することの始まりである。そんなことを死者は望んでいるのか。それは死者の思いの代弁でなく、冒瀆にしか過ぎないのではないか。

死者は語るか

罪責意識を持った被災者が、自らの経験を語ろうとするときに囚われる思いは、このようなものであった。だから、その経験を言葉にすることは困難なのだ。

しかし、高橋源一郎は、『恋する原発』においてあえて死者を登場させ、彼らに歌を歌わせている。それはイタコの伝統を持つ東北を意識してのことだろう。イタコとは、死者の霊に語らせ、死者の霊を慰撫する行いだが、いうまでもなくそれは先立たれた者たち、先立たせてしまった者が持つ、罪責意識を癒やすための技術である。だから高橋はそれを「**ふつうのチャリティー**」ではないかと書いたのだが、それは決して「**ふつうのチャリティー**」、換言すれば、追悼の歌ではない。ここでもまたそれは追悼のパロディである。

なぜあえて、死者に歌わせたのか。それは直接死者の無念を語らせるためではない。むしろその不可能を示すためである。死者しか被災の当事者がいないのだとすれば、当事者などいないことをあらためて示すために（いろいろと毀誉褒貶があったものの、いとうせいこうの『想像ラジオ』もこの延長線上で評価すべきだ）。

いや少なくとも、作家は、決して当事者たり得ないということを身を以て示すためだ。なぜなら、作家とは、ハナスものではなく、カタルものであるからだ。語りが騙りであるというのは、今日では語源的には根拠のない俗説だとされるが、やはり語る者は、騙るもの、つまり虚構の、作り事をなす者なのだ。そしてカタリの特性である形式性＝物語性は、事後的にしか作り得ないものである。だからカタリをなす作家は、どんなに事件の現場に到達しようとしても、それは事後的にしか至り得ない。

カタリとは、当事者の抱える痛苦に満ちたハナシ、換言すれば、生き残った者、生き残らされた者たちの抱く罪責意識を、言葉にし、その身から切りハナサれたハナシを型にはめることである。死者への生々しい思いをそれがそれ以上生き残らされた者の心を苛むことがないように、型にはめ、物語として、涙とともに語られるように昇華することである。

物語のものとはもののけの「もの」つまり霊に通じる。だから物語は、物故した者の霊のカタリであり、つまりは死者の霊を鎮める行い、霊鎮めである。だが、それは結局、生き残らされた者の心を癒すためのものである。

罪責意識と幽霊譚

金菱清らが集めた津波被災地のタクシードライバーらが語る幽霊話。たとえば、初夏の頃、石巻駅周辺でドライバーは、ファーのついたコートを着た女性を車に乗せたが、彼女は何もない更地になった「南浜まで」と行き先を告げた。不審に思い、その客に問いかけると、女性は「私は死んだのですか？」と尋ねたという話（『呼び覚まされる霊性の震災学――３・11　生と死のはざまで』）。

こうした話が収集可能なのも、それは、もちろん霊の存在が実証されたとか、無念の思いを残して死んで行った者たちの想念が形になって表れたといったことではない。生き残された者の罪責意識が、そのような形で霊の言葉として形を与えられたということであろう。そしてまた、震災から五年経過し冒頭に掲げた震災をテーマに据えたフィクションが陸続と現れたのも、生き残った者たちの思いがようやく言葉になり、物語となり、死者から離れていくことが可能になったということである。贅言になるかもしれないが、高橋源一郎の『恋する原発』やいとうせいこうの『想像ラジオ』が、この手の幽霊話と同じだと言いたいのではない。これはむしろそうした物語の機能を批判するものとしてある。このことは後に触れる。

こうした幽霊譚は結局、フロイトの言う「喪の作業」の現れと考えられる。冒頭で大江健三郎ら作家たちの陥った状態をメランコリーと呼んだが、愛する対象の喪失すなわち死に起因する喪の作業は、メランコリーと同様に「外的世界への関心の喪失」、たとえば「故人の記憶と結びつかない何事の実行にも背を向ける」といった状態になる。

フロイトは、喪の作業とメランコリーの違いの一つとして自尊感情の有無を挙げている。喪の作業においては、自尊感情の喪失あるいは減退は見られないが、メランコリーは自尊感情の引き下げが起こるとする。自尊感情の引き下げとは、たとえば、自らを非難する自己処罰妄想のような形で現れる。しかし、喪の作業の中でも病的なものには、自尊感情の減退が見られ、たとえばそれは愛の対象の喪失の原因が自分にあると主張するような形で現れる。先に娘を事故で失った女性の例を挙げたが、それは、フロイトの言う病的な喪の作業の一つと言えるだろう。

もちろん喪の作業は、外界への関心の喪失によって終わるわけではない。

リビードが失われた対象に結びつけられていることを示す想起や期待の状況の一つ一つに現実が介入し、それらのすべてに対象はもはや存在しないという評決を周知徹底させる。すると自我は、いわば汝はこの運命を共にすることを欲するやという問いに直面させられ、そして、生きていることから受け取るナルシス的な満足の総計を考慮に入れて、無に帰した対象へのみずからの拘束を解除するという結論を甘んじて受け入れる。

（「喪とメランコリー」伊藤正博訳）

「運命を共にする」とは死者と離れない、つまり自身も死を選ぶということだが、多くの者は、運命を共にするかどうかの問いに立たされた時、「無に帰した対象へのみずからの拘束を解除する」つまり死者に別れを告げることになる。

死者との離別とカタリ

この死者との別れにおいて機能するのが、カタリである。死者への罪責意識、疚しさはハナシとして自ら切り離されるが、それでは喪の作業は十分でない。切り離されたハナシは、カタリという形式へと流し込まれ、他者と共有可能な物語となる。そしてそれ自体辛いことでもあるのだが、愛する者の死を、自己に起きたことではなく、結局は他者に起きた出来事として引き受けるということである。死んだのはあなたであって、私ではないと認めること。つないでいた手を放した結果、津波に呑まれていったのは私でないし、また、さしのべられた手を摑んでやることが出来ず、津波に流されていったのも私ではない、それらのことをどんなに悔いても、疚しく感じても、生きているのは自分であることを許容することである。

震災から五年以上経過した二〇一六年に、小説つまり震災をテーマにした虚構の物語が、熊谷達也や彩瀬まるあるいは穂高明といった実際に被災した作家たちによって書かれているのは、彼らにとって、そして彼らが長期的にでも短期でも東北の地で関わった人々にとって、物語としての小説が、死者を死者として処遇する鎮魂のすべとして機能しているから、そう機能することを望んでいるからだ(6)。しかしまた、小説は、鎮魂の物語としてのみ機能するものではない。

10 『焼野まで』から

水村美苗は、震災後、「今回の東日本を襲った悲劇はあなたを変えましたか?」という新聞や雑誌の記者の質問にこう答えたと書いている。

悲劇の直後には自分が変わったような気がしましたが、直接に災難に遭った人間とちがい、しばらくするうちに、自分が変わっていないことに気がつきました。

これではあまりに芸がないと思って続けた。

人間とは、他者の悲劇は忘れられる、心の浅い存在である——それをも見つめるのが小説家の役割だと思います。

少しは小説家らしいことを答えられたようでほっとする。

(「コスモポリタンな作家」『新潮』二〇一二年一月号所収)

本章の冒頭、大江健三郎らの作家たちはメランコリーの状態にあると書いた。先に述べたように、メランコリーと喪の作業は似ているが、その違いは、症状や心の状態にあるのでなく、それを引き起こす起点にあった。喪の作業は、家族や恋人といった具体的な愛の対象の喪失が原因となり発生する。対してメランコリーは、具体的対象の消失がなくとも、夢や理想の喪失といった抽象的なものの喪失、さらには何が喪失されたが不分明だが喪失感だけはあるといったことからも発生するものだった。

心の浅さとメランコリー

メランコリー状態に陥った作家たちは、被災者でもなければ、家族を失ったわけでもなかった。つまり、具体的愛の対象の喪失があったわけではない。文学への信頼とか、それまでの作家としての日常生活のあり方への懐疑とかいった、抽象的なものの喪失感によりメランコリーに陥った。だから、死者を鎮魂するため、それは結局死者と自分を切り離す儀式でもある物語のようなものに頼らずとも、水村のようにまず「自分が変わっていないことに気がつ」くことでメランコリーから抜け出すことが出来るはずだ。「人間とは、他者の悲劇は忘れられる、心の浅い存在」であることを偽悪的ではなく認めることである。

高橋源一郎の『恋する原発』やいとうせいこうの『想像ラジオ』が、幽霊譚の類いとは異なるものであると述べたのも、こうした意図においてだ。これらの作品において死者が語るのは、死者の騙りとして、死者のふりをして生者が語ることである。つまり、鎮魂としての物語とは、黙して決して語らぬはずの死者から生者が言葉を奪い取り語るものである。高橋やいとうの作品は、そうしたカタリの欺瞞性を開示し、鎮魂の物語は、実は死者のためでなく、生者のためであることを示唆している。それは、一面、生き残された者の傷口に塩を塗るような振る舞いとも取れる。しかし、それは、人が「人間とは、他者の悲劇は忘れられる、心の浅い存在」であることを示し、死者を忘却することを肯定することに繋がる。そしてそれは、震災について語る者がついには当事者たり得ないことを示すことになる。人は、少なくとも作家は、非当事者としてしか事件に関われないことをいくらかの悔恨と疚しさを胸に秘めつつ認めることである。

また、「人間とは、他者の悲劇は忘れられる、心の浅い存在」であることを認めるとは、それは、被災していない者までが被災者を思い自粛せねばならないとするような空気の醸成を否定して見せることである。田中慎弥は、「震災はあなたの〈何〉を変えましたか?」というアンケート（『新潮』二〇一二年四月号）に対して「西日本に住んでいると、震災の影響を肌身に感じることはほとんどない。目の前の仕事をやり、食べて飲み、寝ている。」と記したが、田中の、このような態度を許容することである。

しかしそれはいかにして可能なのか。

一つには高橋やいとうのような物語批判的な方法がある。しかしそれだけではない。こうした、鎮魂ではない小説のあり方をリアリズムの手法を用い示した希有の作品がある。村田喜代子の『焼野まで』である。

村田喜代子『焼野まで』——グレイとシーベルト

桜島と思われる焼島火山の近くにある都市（鹿児島）のオンコロジー・センターを「わたし」は訪れている。子宮体がんを患っている「わたし」が、そこで実施されている癌の部位にピンポイントで放射線を当て、効果的に癌を消滅させうる四次元照射の施術を受けるためである。

「わたし」は、夫を北九州の自宅に残し、一人で噴火を繰り返す焼島の側のオンコロジー・センターに来ている。それだけではない。子宮体がんに放射線治療は有効でないとする主治医の、そして大学病院に勤務する看護師である娘の反対を押し切っての来院である。

三〇日間毎日、放射線を浴び、三カ月後に癌の消失を確認する。「わたし」を支えるのは、この癌は消せると断言したオンコロジー・センター医師の言葉だ。しかし、放射線照射後に訪れる放射線酔い、下痢、倦怠感は、辛いものだ。何が「わたし」をそうした家族や医師との諍いや辛い治療にひとり耐えることを選ばせているのか。

「わたし」が子宮体がんの可能性を知ったのは、二〇一一年三月一二日である。大震災の翌日だ。津波に飲み込まれていく街の映像をテレビで見た後訪れた病院で癌の可能性を告げられている。そしてそのほぼ二カ月後、四月末からオンコロジーセンターで治療を受けることになった。つまり、「わたし」の放射線による癌の治療は、大震災を後景にして描かれていくことになる。

「わたし」が毎日浴びる放射線の量は二グレイである。この量についてこんな記述がある。

四グレイの放射線を一度に浴びた人間は半数が死に至る。
八ないし十グレイでほぼ百パーセントの死だ。
「たった二グレイ」は、じつは凄まじい量である。
テレビで原発の被災地の線量が取り沙汰されている。そこではグレイでなく、シーベルトという単位が使われる。シーベルトは人体への危険度で、グレイは医療などで実際に受ける放射線量だ。そして「たった二グレイ」という量は二シーベルトのことである。

原発から半径二十キロメートル圏外でも、一年間の積算線量が二十ミリシーベルトを超えると避難区域になる。一年間の総量二十ミリシーベルトの「恐怖」と、一日一回二千ミリシーベルトの「安全」の差は、被災地が光の矢と放射性物質のセットになっているからである。

福島第一原発周辺住人に故郷を喪失せしめた二〇ミリシーベルトの一〇〇倍の量の放射線を「わたし」は毎日浴びている。注意すべきは、震災によって人々を絶望へと導いたシーベルトは、「わたし」にはグレイに変換され、「わたし」の生き延びる唯一の希望になっていることだ。

なにより目を引くのは、このことを「わたし」は淡々と記述していることだ。関東以東に暮らす多くの者を不安に陥れた放射能が、「わたし」にとっては生の可能性のよすがになっていることを、皮肉やシニカルな言葉を交えず記していること、かつ放射線によって自身の命が守られようとしていることに安易に疚しさや罪責意識を表明していないことだ。

あえて言えば、「わたし」にとって、津波によって命を落とした人も福島第一原発の事故によって住処を追われた人がいたことも他人事であるということだ。

「絆」や「連帯」が叫ばれた二〇一一年の四～五月にかけて、「わたし」は、たったひとりで癌と向き合い、それと戦っていた。いや正確に言えば、彼女にも同志はいた。大卒の同期で同じ職場に入り一緒に停年退職を迎えた八島も、肺がんにかかり別の病院で治療を受けている。それ以外にも同じオンコロジー・センターで治療中の乳がんの行実翔子や膵臓がんの南らがいる。しかし、彼らがいても、結局それぞれに自身の癌と向き合うしかないのだ。

放射線と放射能

放射線照射の最終局面に達した時期に、「わたし」は八鳥の死を彼の妻から連絡される。その後、最後の照射を「わたし」が受けに行くと、放射線照射を受ける照射台で「わたし」の前に八鳥の霊が現れる。「わたし」を死へと誘う八鳥に対し「わたし」はこう告げる。

八っちゃん、ごめんなさい。あたしはまだ行けないの。あなたと一緒に行くことはできないのよ。あたしはまだ生きているのよ。

同じ時期に癌を患いともに励まし合いながら、癌と闘った八鳥は死に、「わたし」は治療を終え、不確実ながら生への一歩を歩み始めようとするところで、この小説は終わる。

繋いでいた手を放した者がいた。さしのべられた手を握れなかった者がいた。そうして死に別れた人に対して、死んで行った者たちの無念を思い、彼らへの罪責意識に苦しむ者が多くいる。しかし、死者の無念とは、生き残された者の生への執着の裏返しではないか。死者は死者である以上、無念の思いなど抱くことはできない。どのように自身の行為を悔い、死んでいった者に疚しさを感じても、それはもう届かないものなのだ。

多くの者が放射能に怯えるなか、その放射能に自らの生の可能性を賭けている者がいたこと。それを偽悪的でなく、誠実に描くこと。村田喜代子のこの『焼野まで』はそれをなしている。

それは、一筋の光明のように思われるのだ。二万人あまりの死者・行方不明者が出て、放射能によって広大な大地が汚され、そのような悲劇に多くの人々が打ちのめされた。そして、そうした傷ついた人々に無事だった者は寄り添おうとした。それは自然な心の動きだ。しかし、死者は死んだのであり、生き残った者は生き残ったのだ。そこには超えられない断絶がある。喪の作業とは、死者のためのものではなく、生きていく者のためにある。死者への思いをハナシ、放すこと、そしてそれをカタリとして型にはめ込むこと。そのようにして、喪の作業はなされ、死は受け入れられていく。死はそれがどれほど自分にとって愛おしい人に訪れた事態であったとしても、それは終局的には他者に起きたことと認めること。死者を自分から切り離すこと。それが喪の作業である。

それはまた、災害や被災者と無縁の場所を認めることでもある。

最後に個人的経験を書かせてもらう。震災から二週間ほど経った二〇一一年三月下旬のことである。三重県の実家に帰った際、高校時代の友人と名古屋の駅ビルでランチをした。休日ということもあり、駅もビルの中も大勢の人でごった返しており、何より明るかった。当時関東では、原発事故の影響で電力不足が懸念され、街ではネオンが軒並み消され、駅やデパートも節電のために電灯が半分外されたりしていて、どこもかしこも薄暗かった。だから名古屋の駅やビルの明るさは驚きであった。驚いただけでなく、実は正直少しほっとした。

なぜあのとき私はほっとしたのか。私自身震災で何かを失ったわけではないが、津波で家族を亡くし家を流された人に思いを寄せ、また福島第一原発から放出された放射能に怯えつつ関東で暮らした私にとって、そうした震災とは無縁に見える人々（実際はそうでもなかったかもしれないが）、そうした他者の存在が救いのように感じられたのだ。

喪の作業の終わり

フロイトの言う喪の作業の規定をもう一度思い起こそう。愛する者を失った者たちは、しばしばその死に責任を感じ、死者と運命を共にすべきと感じたりする。しかし、やがて人は本当に死者と運命をともにすべきか決断を強いられ、ついには亡くなった者との絆を断ち切ることを甘んじて決断するに至る。こうしたフロイトの指摘は、結局死を他者に起きた事柄として引き受けるということを示唆している。なぜ、震災と無縁に見える人々の存在が救いになるのか。それは、愛する者を失った喪の悲しみがいずれは癒やされること、つまり愛する者の死を他者の死として引き受けることが、そのように震災とは無縁と見える他者の存在によって予兆のように示されていると感じたからだ。他者の死は他者の死でしかないと認めること、それが生の始まりなのだ。

震災から八年あまりの歳月が過ぎても、完全に復興したとは言い難い状況だ。福島ではいまだ五万以上の人々が避難生活を送っている（復興庁、平成三〇年一二月二八日公表）。だから震災経験風化の危機が叫ばれもする。もちろん、震災の経験を忘れてよいわけはない。しかし、それとは別に死者との絆を断ち切り、快活な生を人が再度見出すこと、それはいわば裏切りなのだが、そのような死者への裏切りを肯定すべきだと思う。容易なことではないとしても。

避難所で悲劇にうち沈む人たちの中にあって、何事もなかったように微笑む嬰児の姿は、救いとならなかっただろうか。被災を知らぬ者、それは、やがては死者への思いを切り捨て生の方へと歩みを進める自分の姿の、遥か遠い兆しのように思われないだろうか。

村田の小説は、自身の癌とひたすら向き合おうとする者の姿を描くことで、そうした被災とは切り離された生のあり方を描いてみせた。それは、被災者が、やがては被災から切り離された生を歩むことのできる予兆ではないか。

『焼野まで』の「わたし」を貫く放射線の光の束は、鎮魂の物語とは別の救済の光を、そのような形での、堪え難い悲しみからの癒やしの可能性を指し示しているのではないか。

注

（1）この母親が二〇一一年に一事帰宅した際に、郡山市の自宅周辺の放射線量を計測すると雨樋の下では四マイクロシーベルトの値が出たという。この放射線量のところで毎日四時間過ごすと、年間の被曝量は、簡易計算で三九・七七ミリシーベルトになる。これは、原発事故発生前の年間被曝許容量である一ミリシーベルトはおろか、その後改定された二〇ミリシーベルトもはるかに上回る量である。

（2）引用に際し、『つなみ　被災地のこども80人の作文集』（『文藝春秋』二〇一一年八月臨時増刊号）を参照したが、引用した文章は、森健『「つなみ」の子どもたち――作文に書かれなかった物語』に依った。

（3）野家の『物語の哲学』で引用された箇所は、「そして倭訓栞」以下の箇所であるが、本論の趣旨を明瞭にするため、野家の引用箇所より少し前の部分から引用した。

（4）ラカンの本文では、この分析家は、アニー・ライヒとなっているが、注にはマーガレット・リトゥルの間違いと記されており、本論においてもその注に従った。

（5）震災後の文学状況について、田中和生は「震災前後を結ぶ」（『新潮』二〇一五年四月号）で、ポストモダン的小説の書き方が無効となる一方で、私小説的小説が求められていると指摘している。この私小説をリアリズムと取れば、田中の主張にも賛同できる。しかし、疑問がある。私小説とポストモダン文学を両極のように指摘する点。

フランスのヌーヴォーロマンにおいては、フローベールの『ボヴァリー夫人』がその源流としばしば指摘される。『ボヴァリー夫人』はリアリズム文学の嚆矢でもあるが、それがヌーヴォーロマンつまりポストモダン式の物語批判の小説の源流にもなっているのは、その描写の過剰が物語の進行をしばしば破綻させたりするからだ。作家の日常を描く私小説は、その点でリアリズム文学とも言える（自然主義から派生したという文学史的流れから言ってもリアリズム系統である）。かつ私小説は、話らしい話がない小説として物語批判の小説とも取られることがある。こうした点から私小説とポストモダン小説とを対極に置くのは、無理がある。むしろ震災後は、私小説を批判した基準となるような、ヨーロッパの一九世紀的小説、すなわち物語性を濃密に持った小説こそ、現実離れした小説として受け入れがたい状況にあったと言うべきだろう。

（6）しかし、熊谷の虚構の仙河海市を舞台にした連作、仙河海サーガのようなものには否定的な見解を持っている。震災直後あれだけ激烈な言葉で虚構の文学を批判したのだから、ならば、むしろ被災の現実を知る者として、徹底的なリアリズムの作品を目指すべきではないか。熊谷の連作を読んでも、どこかきれい事過ぎるように思われてしまう。たとえば、『16歳の語り部』の高校生たちが記しているように、被災地では窃盗も発生していたし、避難所でも救援物資の奪い合いのようなことが起きていた。すべての被災地でそうだったわけではないが、震災発生時でも人々が整然と我慢強く待ち続けたといった礼節を守る日本人あるいは東北人のイメージが喧伝されたが、そうでない人々も実際にいたのだ。それを批判したいのではなく、少なくとも美談で固めるような書き方には違和感を覚える。その点で桐野夏生の『バラカ』は、単なる美談で終わらず、人間の二面性を描き出している点で震災発生五年後に震災をテーマとして書かれた小説の中では傑出している。

ただ、今求められているのは、虚構の物語よりも、大岡昇平の『レイテ戦記』のような、決してルポルタージュではない、作家の書いたリアリズム文学ではないかと思っている。

第2章　震災後の愚行——吉村萬壱『ボラード病』にみる不謹慎者の戦略

1　愚行とアンチ・ヒューマニズム

吉村萬壱の文学の特質の一つは、アンチ・ヒューマニズムにある。

二〇〇一年の文學界新人賞を受賞した実質的文壇デビュー作である「クチュクチュバーン」がそうだ。人間が人間ならざる、得体の知れない何者かに、あるいは何かに変身を遂げていく世界を描いた作品だ。変身と言えば、カフカが想起される。だが、カフカの『変身』においては、グレゴール・ザムザが毒虫に変身した後も、決して人間性を喪失したわけではない。グレゴールは、変身後も、妹のグレーテや両親のことを気にかけているからだ。つまり、グレゴールの変身は外形面にとどまっており、内面にまでは及んでいない。しかし、吉村の「クチュクチュバーン」においては、形態の変化は、その人格にまで及ぶ。

この小説の冒頭に登場する春江がその典型である。彼女は、脇腹から六本の腕が生え、ザムザばりの、蜘蛛のような形態の生き物に変身しつつある。春江は、六歳になる息子慎一を抱え、「どんな無様な恰好になっても、この子を生かし続けなければならない」と決意する。しかし、慎一は毒入りの雑炊を食べたために死に至る変態を始めてしまう。春江は慎一になんとか食べたものを嘔吐させて彼を救おうとするが、頭の中で「ピキッ」という音がした直後、慎一の頭にかぶりついてしまう。

ヒューマニズムの根本は、人命の尊重にある。いかなる人間の命も軽視してはならない。だから、自身のお腹を痛めた子どもに注がれる母親の、無前提の愛は、ヒューマニズムの典型と言えよう。母親の愛には、理由がない。かわいいからとか賢いから愛するわけではない。あらゆる人間に惜しみない愛を注ぐ博愛主義、それはヒューマニズムの特殊形ともいえるが、その博愛主義のシンボルとしてマザー・テレサのような人物が挙げられるのは、偶然ではない。母親の愛こそ博愛主義、換言すればヒューマニズムの理想形でもあるのだ。

「クチュクチュバーン」の春江が息子の慎一にかぶりつき嚙み砕くシーンは、したがって、この小説がアンチ・ヒューマニズムを極限まで推し進めるものであることが示している。

人間離れとしてのアンチ・ヒューマニズム

吉村萬壱の作品におけるアンチ・ヒューマニズムの特質が明瞭に示されているのは、「人間離れ」であろう。

題名からして反ヒューマニズム的であるこの作品は、宇宙から突然飛来した「緑」と「藍色」と呼ばれる「生物」によって侵略された後の地球を描いている。この小説において注目すべきは、人間を容赦なく捕食する「緑」らに対抗するために人間が考案した二つの手段である。一つは、「緑」らの襲撃を受けた際に、それらの前で、直腸を体外に引っ張り出すこと、もう一つは他の人間を容赦なく殺すことである。一見、人を殺戮することで「緑」らの捕食を回避しようとする行為の方が人非人的行為に思われる。だが、だがそうではない。人前で直腸を出すという愚行は、人間性の毀損を意味するものだ。

人が親から与えられる最初の躾は排便・排尿に関するものだ。子供は、それまでおむつに垂れ流していた糞尿を突然便器に排泄するように要求される。この唐突に変更されたルールの遵守を、それまで自分に優しかった親たちは、子に外傷体験になりうる厳しい態度でもって求める。排泄物の管理は、人間が社会生活を送りうる一つの指標であるのだ。われわれが認知症を恐れるのは、排泄物の処理を自身で出来なくなることに多く起因する。何より排泄物は、あらゆる文化における禁忌の最も端的な例である。だから、糞便が体内において最後に蓄積される直腸を引き出すという愚行は、禁忌を犯す行為として忌むべきものであり、それの遂行の要請は人間性廃棄と等しいのだ[1]。「緑」らの前で行われる、人が人を殺すという人非人的行為は、この直腸出しの持つ衝撃度に比べれば、遥かに人間的である。そもそも殺人は、同類を容赦なく殺戮することが動物においても類例の少ない点で、人間的行為とも言える。

とりわけ重要なのは、直腸出しにしろ、人間による人間の殺戮にしろ、実は「緑」による人間の捕食を阻止できないことだ。つまり人は、「緑」の前で、無意味に直腸を出し、また無益な殺戮を遂行しているのだ。ここに、吉村萬壱作品における、アンチ・ヒューマニズムの特質が示されている。吉村作品におけるアンチ・ヒューマニズムは、その愚かさ、愚行ゆえにノンセンスの領域に踵を接するものであるということだ。

「クチュクチュバーン」から『バースト・ゾーン─爆裂地区─』へ

「クチュクチュバーン」の延長線上にある『バースト・ゾーン─爆裂地区─』（二〇〇五年）の中に、吉村のアンチ・ヒューマニズム的発想の射程が、ノンセンスの方向にあることが端的に語られる箇所がある。国家転覆を狙う「テロリン」のテロ活動とそれを阻止しようとする監視社会の閉塞感、恐怖を描いた前半と、その「テロリン」の本拠があるとされる大陸は、実は神充という名の奇怪な生物が巣くう土地であり、神充の襲撃に逃げ惑う人々の姿を描いた後半からなる、この作品において注目したいのは、この神充について語った箇所である。神充は人間の脳を頭から伸びる管で一気に吸い取る。脳を吸い取られた人間は、即死する。だが、その後神充となって再生する。問題は、なぜ神充が人間の脳を吸い取るかだ。当初は、脳が神充にとって好物と見なされていたが、実はそうでないという。

人間の脳が行なう意味化や物語化の作用、即ち生を何らかの物語に依拠させて意味あるものとしなければ生きられない人間の脳の作用そのものが、神充にとっては猛毒である可能性が考えられた。管で脳を吸い、それを糞として排泄する事は、その毒を解毒し無化する営みなのではなかろうか。

ここは、吉村萬壱にとっての小説の意味を語った箇所として読める。すなわち、人間が求める意味化や物語化こそ廃棄すべきものであり、吉村の小説の持つ荒唐無稽さは、意味化や物語化に抵抗するためのものと見なすことが出来る。

吉村萬壱の作品を、アンチ・ヒューマニズムを根幹に据えたノンセンス文学と規定した場合、それが今日の日本において、いかなる意味を持つことになるか。
それについて考察する上で、そもそもノンセンス文学とはいかなるものかを確認しておこう。

2　ノンセンスと「かのように」

ノンセンス文学の古典の一つであるルイス・キャロルの『不思議の国のアリス』や『鏡の国のアリス』などの作品が書かれたのは、勤勉、節制、貞淑といったピューリタン的道徳規範が世を覆ったビクトリア朝期のイギリスである。つまり、ナンセンスは、厳格な意味秩序に対抗するものとしてその価値を有する。そして、秩序の側が強固であればあるほど、ナンセンス文学はその価値の輝きを上げることになる。

こうした関係は、ノンセンス文学だけのことではない。カウンターカルチャーが意味を持つのは、正統的カルチャーが明確に存在する時である。

ポストモダニズムとアンチ・ヒューマニズム

吉村の作品の特質としてアンチ・ヒューマニズムを挙げた。これは、必ずしも目新しい主張ではない。吉村が学生であった頃、最も日本で喧伝された思想でもある。アンチ・ヒューマニズムは、八〇年代に日本の文化を席巻したポストモダニズムの一つのスローガンでもあった。それは、ミシェル・フーコーによる「人間の終焉」という言葉として、当時語られていた。フーコーの、この主張がインパクトを持ち得たのは、ヒューマニズムこそ西洋近代社会の中心にある思想であり、それは無前提に正しいものとされていたからだ。当時（そして今日も）ヒューマニズム、人権思想が充分に定着していなかった日本において、その思想の本場でそれを批判する思想が生まれたこと自体、驚きであり新鮮だった。

つまり、ポストモダニズムあるいはアンチ・ヒューマニズムが意味を持ち得たのは、西洋近代やヒューマニズムが社会において確固たる地位を確立していたからだ（正確に言えば、ポストモダニズムが流行した時期、すでにモダニズムそのものの価値が揺らぎつつあったのだが）。

問題は、吉村が作家としての活動を始めた時、彼の作品の根幹にあるアンチ・ヒューマニズムやノンセンスが対抗すべき強固な秩序が、日本にあるいは世界に存在したのかどうかだ。

社会学者の見田宗介は、戦後の日本社会のあり方を現実と対義語となる、三つの語、すなわち、理想、夢、虚構を使い、三期に分類した（『定本　見田宗介著作集Ⅵ』）。一九四五年から一九六〇年までが「理想」の時代、一九六〇年から一九七〇年代前半までが「夢」の時代、一九七〇年代後半から現在までが「虚構」の時代という分類である。

「虚構」の時代と森鷗外「かのように」

見田の論の紹介が主ではないので詳細は省くが、ここで注目すべきは、「虚構」の時代である。見田は、この虚構の意味を、一九八三年に公開され、その年のキネマ旬報ベストテンで一位になった森田芳光監督の『家族ゲーム』を挙げて説明している。日本人にとって生活の第一の基盤であり現実性の根拠でもあるはずの家族が「ゲーム」のように演じるべきものになったことを、この映画は象徴しているというのだ。

見田の言う「虚構」とは、たとえば森鷗外が「かのように(2)」で提示した世界観に通じるものだし、またフェミニズムを中心に提示された構築主義的世界観と言える。重要なのは、こうした見方が一部のエリートのシニカルな世界観としてあるだけでなく、大衆レヴェルまで広く共有されるようになったということだ。

ヒューマニズムもまた例外ではない。人権もある「かのように」人々が見なすことでかろうじてそれが社会で機能するということである。こうした「虚構」の時代のあり方が貫徹されたのは、ベルリンの壁の崩壊・ソ連解体すなわち冷戦終結後であろう。つまりヒューマニズムをはじめとした左翼的理念の凋落が決定的になったのは、冷戦終結後だということだ。言うまでもなく、現実のソ連や東欧に左翼的理念が実現されていたわけではない。重要なのは、資本主義の外部が存在していたということである。冷戦終結は、外部の消失を意味した。外部の存在により、「かのように」しか存在しない理念の実在性が担保され得たのだ。しかし、われわれが生きている世界の外部は消失した。今われわれの生きる世界において実現していない理念的なものは、その存在可能性を奪われることになる。つまり、「かのように」性が貫徹されたということである。

ヒューマニズム、より一般化して言えば、倫理や法や国家、理念的なものといった社会を秩序化するものも「かのように」しか存在しないとき、では、それらに対抗するものとしてあるノンセンスやアンチ・ヒューマニズムはどこにその存在価値を見出すのか。

人間の生を無前提に価値づけるヒューマニズムが虚妄とされた時、自己の存在価値を見出す最後の拠り所の一つは、身体である。二〇〇〇年代に登場した若い女性作家はこの身体性に依拠した作品を書いた。金原ひとみは『蛇にピアス』（二〇〇三年）においてピアスという身体加工に自身の存在価値を見出す若い男女を描いた。また川上未映子は『ヘヴン』（二〇〇九年）において、斜視ゆえにクラスメイトから激しいイジメを受ける少年とその身なりの不潔さから同様のイジメを受ける少女を主人公に据え、ニーチェ哲学に依拠しつつ、少年が斜視という身体性に、また少女が不潔な身体に自身の実存的意味を見出すよう描き出した。

吉村もまた『独居45』（二〇〇九年）において、難民救済のために自身の体に傷を付ける作家坂下宙ぅ吉を登場させている。

『独居45』

身体性が実存の基盤になるというのは、サルトルが『嘔吐』で描いたことであり、実存主義の王道とも言える。たしかに痛みや身体の異常はわれわれに肉体を実感させる契機になる。しかし、それが実存へと至るには飛躍が必要だ。痛みが単なる痛みを超えて、意味を持つには、なんらかの変換装置が不可欠なのだ。たとえばそれは宗教である。宗教は、病や身体的不具つまり現世における不幸を来世の幸いの徴表に変換する装置である。川上や金原の作品における身体性の意味づけにも、ほとんど宗教的ともいえる信憑がある。

ならば、吉村の『独居45』の坂下宙ぅ吉の場合はどうだろう。坂下は、熊手で自身の胸につけた傷を「ポル・ポト派に蹂躙された少女の悲しみを生きた痕跡」だと語る。もちろん、これは出任せである。

この言葉は、公民館での坂下宙ぅ吉の講演会で出たものだが、それまで、ポル・ポト派のことが言及されたわけでもないし、またこの後でもそういった話は出てこないからだ。

ポル・ポト派による大量虐殺に抗議するための自傷行為というのは、一見ヒューマニスティックな主張に映る。しかし、それは坂下宙ぅ吉の日常行動を反映したものでない。したがって、それは傷の実存的意味付与には繋がらない。さらに、この後、坂下宙ぅ吉は、彼の信奉者である堤龍介の協力で手足を徐々に切断していき、ついにはダルマのような形姿になる。この過剰性によって、自傷行為は意味付与どころかまったくナンセンスなものであることが明らかになっていく。しかも、自傷行為がヒューマニズムに基づくものという意味付与が当初なされたゆえに、それは、不謹慎なものとなる。

坂下宙ぅ吉の行動の不謹慎さは、川上未映子の『ヘヴン』のクライマックスで、少女が自身の裸体を人前で晒すという自己犠牲的行動の持つ崇高さと対置すると、より際立つものとなる。

ここにおいて、吉村萬壱の作品に通底するアンチ・ヒューマニズムやノンセンスが目指すものの姿が浮上してくる。それは、不謹慎であることへの嗜好と言えよう。

不謹慎さと吉村萬壱

実際吉村の作品は、不謹慎なものに満ちあふれている。先に触れた「クチュクチュバーン」の母による子殺しもそうだが、「不浄道」の、母の影響で自身も潔癖症であったが、ウィルスンと名付けられたホームレスに対し崇拝に近い愛情を持つ殿村佐恵あるいは『独居45』の、坂下宙ぅ吉の出すゴミの収集を行う堤龍介などが典型だ。彼らは、不浄なものすなわち汚穢を愛好するものである。

注意すべきは、彼らの示す汚穢への愛好は、メアリー・ダグラスが『汚穢と禁忌』で描いた清浄と不浄のコスモロジーを逸脱するものであることだ。

メアリー・ダグラスは、不浄なもの、汚穢の存在価値を「ある体系を維持するためにはそこに包含してはならないもの」とした。つまり、不浄なもの、汚物は排除されることで秩序＝清浄なものの維持に繋がるというのだ。しかし、汚れは単に排除されるべき否定的なものではない。そうした汚れに神聖な力が見出される場合が様々な文化で存在するからだ。ダグラスは、そうした神聖な力を持つ汚れの価値は、秩序が形骸化しその力を失ったとき、その秩序をいったん破壊し更新し、再賦活化するために必要だという。秩序の破壊と再創造というサイクル完成のために汚れは不可欠なのだ。

しかし、吉村の描く汚れたものは、そのようなサイクルに収まらない。「不浄道」の殿村佐恵は、あこがれのウィルスンと一夜をともにした後（結局交接には至らないが）、過度の潔癖症に舞い戻る。不浄も清浄も両者とも過度にそれが追求された結果、それらは秩序を再安定化させるどころか、むしろそれを蝕む不安定要素に止まる。

自傷行為やアンチ・ヒューマニズムあるいは汚物への嗜好も、それらが過剰であることで、常に不謹慎なもの、場違いなものにとどまるのだ。

3　『ボラード病』あるいは不謹慎者の戦略

吉村作品の特質を不謹慎さに見出した時、二〇一四年発表の『ボラード病』はいかなる作品なのか。

震災以後の作品としての『ボラード病』

これは震災後の文学である。しかしまた、たとえば震災直後に川上弘美が書いた『神様２０１１』や、あるいはいとうせいこうの『想像ラジオ』のような作品とは異なる。すでに、多くの新聞等のインタビューで吉村自身が答えているように、この小説は、他の震災をテーマにした作品と異なり、震災やあるいは福島第一原発の事故をそのまま主題化したわけではない。この作品執筆のきっかけが、吉村は、震災後しばしば使われた「絆」という言葉に象徴される「善意」の「スローガン化」への違和感にあるとする。

長い避難生活から海塚市に戻って暮らし始めた市民たち。小学五年生の大栗恭子もまた母と海塚市に戻り暮らし始めるが、「結び合い」を唱える海塚の人々に恭子は違和感を覚えている。海塚での暮らしは、一見平穏に見える。しかし、恭子のクラスメイトのアケミの突然の死、あるいは背広の男に追われる者たちの姿が、この街の異常さを伝える。嘔吐の後のアケミの突然の死、恭子の母がスーパーで買った海塚産の野菜などをこっそり捨てる記述は、福島第一原発事故による放射能汚染の問題を読む者に想起させる。

吉村は、福島のことを想起させる小説を書くに当たり、「腹をくくって書いた」と語る（毎日新聞インタビュー）。ならば、なぜ、はっきりそう分かるように書かないのか。『京都大学新聞』のインタビューにおいても、「震災をテーマにした小説」という問いに対して、震災がきっかけにはなっているが、もっと普遍的な問題として読んでほしいという意図で書いたと答えている。この返答は、見ようによっては、責任回避ともとれるものだ。

もちろんそうではない。この小説は、やはり震災後の文学であるし、福島の問題がなければ生まれ得なかったものだ。

福島原発事故と『ボラード病』

なぜか。それは、日本の言論空間そのものへの異和を表明した作品であるからだ。

この小説が発表されたのと同じ頃、『ビッグコミックスピリッツ』に連載されている『美味しんぼ』において、福島の現状が扱われ、とりわけ、主人公が鼻血を出すシーンが物議を醸した。大臣までこれを批判し、『週刊新潮』は、この漫画の原作者である雁屋哲を「反日」という言葉で批判する記事すら掲載した。右寄りのメディアが蛇蝎のごとく嫌う、自由な言論を認めない北朝鮮や中国のような国に日本をしたいのかと真意を疑いたくなるが、問題は、放射能と鼻血の関係ではない。またそれによる風評被害あるいは福島で暮らす人々を不安にすること、またそれらの人々への差別的視線の発生でもない。放射能と微量の鼻血の関係など証明もできるはずもないし、低い放射線と健康被害の問題は、ある程度の年月をかけて調べるしかないものだろう。つまり、福島に行くと鼻血が出たというのは、あえて言えば一種の都市伝説のようなものだ。そんなものを漫画に書くなという立場もあろうが、伝説が真実である可能性もあるので書くという立場もあるだろう。

つまり、気に入らないなら、多少眉をひそめて読み飛ばせばよいものを、お家の大事のように騒ぎ立てるあり方にこそ私は、強い異和を覚える。そして、結局そうした根拠もはっきりしないことを書くことは、不謹慎なものとして大きな批判の対象となる。もちろん雁屋哲も真摯に考えてあの漫画の原作を書いたのは間違いないだろうが、私はふと、なぜ福島の問題や震災の問題について語る時、不謹慎であってはならないのか、と不謹慎にも思ってしまうのだ。

不謹慎であるとは、どういうことか。それは、思いやりのない、場違いな言動をすることである。それは、決して不法な行動ではない。反道徳的ですらないかもしれない。ただ、人々の期待に反するような、感情の共同体に適合しない振る舞いをすることである。

『ボラード病』において吉村が描こうとしたのは、この不謹慎な振る舞いだ。今作においては、これまでの吉村作品と異なり、汚穢物への愛好、過度なセックス、暴力や殺戮あるいは変身といった過激な描写はない。それを吉村は、皆に読まれるためだと語るが、それは韜晦と見るべきだ。現在の日本において恐れられているのは、というよりも人々が内心日々恐れ、怯えているのは、過激な暴力でも不潔なものでもない。微細な差異、ちょっとした場違いな言動こそ恐れているのだ。

場違いさへの嗜好

『ボラード病』の大栗恭子の抱えた病とは、これまでの吉村作品の登場人物が抱え込んだ汚物や自傷への愛着、不倫や暴力といった不道徳なものへの嗜好ではない。それは、ちょっとした場違いな言動への嗜好である。恭子が母や他の人からとがめられるのは、母親を内職のことで訪問した花田さんとその赤ちゃんのチヒロちゃんをじろじろ見た時だ。あるいは、死んだクラスメイトのアケミちゃんの通夜の席で、アケミちゃんの父親が幼くして死んだ娘の死を悼みつつ、アケミは死んでもこの海塚と共にあると語る「感動的な」弔辞を述べ、それに呼応して通夜の参列者が熱烈な拍手を送る時、何度か咳をしてしまうようなことである。それらは、たいしたことではない。しかしまた、人を少しイライラさせる気に障る行為でもある。

決定的なのは、町の人々が輪番で行う清掃作業の後の食事会で恭子がとった行動だ。そこでは海塚産の海産物で作られた海鮮丼がふるまわれた。周囲から監視されていると感じている恭子の母は、スーパーで海塚産の肉や野菜をこれ見よがしに買い、しかし実はそれは家では捨てて、恭子にはカップラーメンや外国産の缶詰を食べさせていた。しかし、大勢の人がいるところで海塚産の海産物で出来た海鮮丼を残すことは、「反海塚的」行動となるゆえ、ここでは無理してもすべて食べねばならない。しかし、そのとき別の人の丼からゴキブリが見つかるという事件が発生する。すると他の者も海鮮丼を食べることをやめるようになる。しかし、恭子はそこであえて丼をすべて口の中に掻き込むという行動に出る。

この恭子の行動の衝撃度は、海塚産の海産物は「美味しく安全である」ことを示すのに最適な行動すなわち海鮮丼をすべて平らげるという行動を、それを行うのに最もふさわしくない恭子が最もふさわしくない時に行うことによる。

アケミの死に示されているように海塚は決して安全なところではない。あるいはその可能性が高い。しかしそれをあからさまに口にすることは、危険であっても故郷である海塚で生きて行こうと決心した海塚の人々の思いを裏切ることになる。だから、人々は海塚は実際は安全でないかもしれないが、安全である「かのように」振る舞わねばならない。そうすることで、海塚の平穏さ、「安全」は維持されている。海鮮丼も安全ではないかもしれない。しかし、安全である「かのように」思い、美味しく食べて見せることが「正しい」海塚市民の行動である。しかしその行動は、演技でしかない。演技でしかないのだが、演技ではないものとして行動せねばならない。それは、緊張を強いられることだ。そのとき、ゴキブリの発見は人々を緊張を強いられる演技から解放してくれた。誰もがほっとした瞬間、恭子は、彼らが解放されたはずの演技を演じて見せた。海塚の安全性を最も信じていない恭子が、それを証する行動をとることは、海塚の人々の日常の行動の虚妄性、「かのように」振りを浮き彫りにするものである。この場に本来最もふさわしい行動をそれに最もふさわしくない者が行うことで、それは最も場違いな、不謹慎な行動となる。そして恭子は、そうした不謹慎な行動をとってしまう点で「病」なのだ。

思いやりの強制

震災以後、日本の社会を覆う息苦しさは、場違いな行動、不謹慎な発言への過剰な反応に起因するものだ。六年前、サッカー日本代表がフランス代表とパリで戦って勝利したことがあった。そのとき、フランスのテレビのコメンテーターが日本のゴールを死守した川島の活躍を腕が四本になった合成写真を映しながら福島原発事故の放射能の影響かと揶揄したことが日本で問題視された。そのとき私はちょうどパリにいたが、その辛辣さはいかにもフランス人らしいと思い、それに抗議した外務省の反応に違和感を持ったのを覚えている。数千キロ離れたフランス人にとって日本原発事故は所詮その程度のものなのだ。もちろん、真剣に日本のことを心配してくれるフランス人も大勢いた。たしかに、フランス人のコメンテーターは配慮に欠けただろう。だが、思いやりとは、本来自発的になされるものだ。人に思いやりを求めること、思いやりを強制することの奇怪さ、倒錯振りにわれわれは気がつくべきだろう。

『ボラード病』の恭子のように場違いな振る舞いをする人間は、今だに日本では排除の対象となる。

福島に行って鼻血が出たと書くだけで、「反日」と書かれるのだから。だが、そうした場違いな振る舞い、不謹慎な身振りは、時として人を悲惨な現実から解き放ってはくれなかっただろうか。家族を失い、家を津波で流された人々が暮らす避難所で微笑むことは、場違いな、不謹慎な行動だろう。しかし、そんな悲惨な現実を知らず笑顔を見せる赤ん坊の姿に人は微笑まなかっただろうか。それをも不謹慎と批判しただろうか。赤ん坊の笑顔と恭子の行動にはさほど径庭がないのではないか。

ユーモアの価値

フロイトは、「ユーモア」という論文において、ユーモアの機能についてこう語っている。「ほら、世界はとても危険に見えるけど実はこんなものなんだよ、子供の遊びなんだから、茶化してしまえばいいんだよ」と。そしてユーモアとは「怯えている自我に」「優しく勇気づけるように語りかける」(岩波書店『フロイト全集19』石田雄一訳)ものだと言う。

恭子の行動は、フロイトがユーモアについて指摘したことがそのまま当てはまる。「ほら、この海鮮丼はとても危険に見えるけど実はこんなものなんだよ、パクッと食っちゃえばいいんだよ」と。残念ながら、この恭子の精一杯のユーモア的振る舞い＝不謹慎な行動を優しい勇気づけと理解した者はいなかったが。

今の日本で最も恐れられているのは、直腸を出したり、自身の身体を切り刻んだりあるいは汚穢への嗜好を見せる壮大な愚行ではない。人々の期待を微妙に裏切る行為、ちょっとした配慮に欠けた振る舞いこそ、恐れられている。場違いな、不謹慎な行いとして。

しかし、震災後、放射能に恐怖し、人の心を傷つけること、人に配慮の足りない人間と思われることに恐れ、そうした怯えた私たちのこころを解き放ってくれるものこそ、場違いな、不謹慎な愚行なのだ。そのような処方箋を、吉村萬壱の『ボラード病』は、臆病なわれわれに提示している。

注

（1）この直腸出しは、切腹のパロディとも考えられる。切腹は、腹を割いて腸を露出されることでそのものの赤心を見せる行為であり、崇高な行為とも言える。しかし、同じように腸を出すにしても肛門から引き出す直腸出しは、それが糞便と直結する点で、忌むべきものとなる。

（2）森鷗外は、「かのように」の中で、学問から法体系、宗教等、人間が作り出した文化は絶対的な存在の根拠はなく、ただある「かのように」人々が信じ振る舞うことで、それが社会において機能するようになるという認識を提示した。

第3章　震災前から震災後を読み説く——川上未映子『ヘヴン』にみる「いじめ」

1　震災が作家にもたらす変化とは何か

川上未映子は、震災一年後の座談会（「震災と『フィクション（言葉・日常・物語…）』の〝距離〟」・『早稲田文学』二〇一二年記録増刊所収）で震災は「『一回性』の感覚が全面的にチャラになるような体験」であり、その結果、自身の小説観に再考を迫られたと語る。東日本大震災までは、たとえば阿部和重の、多くの人物が登場する『シンセミア』のような「三人称」の小説よりも、「一人称と二人称の間のものを掘っていく」自身の『ヘヴン』のような小説の方がより深いところまで到達できると思っていた。しかし、震災を経て、「阿部和重の方法のほうに可能性がある」のではないかと思い、「もう一度、一人称とそれを支える一回性を取り戻すための方法としての三人称を捉え直す」必要を感じたという。

震災後一年あまりの間に書かれた短編をまとめた『愛の夢とか』は、座談会における川上の言葉といかなる関係にあるのか。

震災の前と後

劈頭を飾る「アイスクリーム熱」では、アイスクリーム屋で働く「わたし」とその店に通い詰める客との出会いと別れが淡々と描出される。表題作「愛の夢とか」においては、隣に住む老婦人のリストの「愛の夢」のピアノ演奏を週二回聞くことになる「わたし」とその老婦人の交流を描くが、老婦人がなぜ「愛の夢」を弾くのか、その理由は最後まで語られることはない。通常の作家ならその種明かしに力を注ぎ、それを作品のクライマックスにもってきそうなものだが、この作品は、そうした脂ぎった欲望とは無縁だ。

激しい喧嘩をした後の男女の姿を女である「わたし」の視点から描いた「いちご畑が永遠につづいてゆくのだから」、一四年前に別れた恋人との約束を信じて植物園に出かける「わたし」の姿を描出した「日曜日はどこへ」も声高な調子とはほど遠い。

仙台に住みながらも震災の日に偶然京都に旅行している若い夫婦の姿を描いた「三月の毛糸」。夫の破産が原因で家を手放さざるを得なくなった「わたし」がその家に持つ愛着の様を書いた「お花畑自身」。腎臓病で若くして亡くなった妻とその夫の姿を複数の視点で語る「十三月怪談」。これら三作は、それぞれ震災や夫の破産を背景にしたり、妻の死といった事件を中心に据えているが、そうした事件が通常なら引き起こす激しい情動とは遥か遠いところで、作品は推移していく。

この短編集においては、たとえば「いじめ」を主題にした『ヘヴン』のようにきわめて社会性の高いテーマが扱われているわけではない。また、デビュー作『わたくし率　イン　歯ー、または世界』や芥川賞受賞作『乳と卵』のように、饒舌でリズミカルな関西弁にのせて「わたし」とは何かあるいは

「女」とは何か、などの思弁的主題が追求されているのでもない。作品の質からいくと、前作の『すべて真夜中の恋人たち』に近い。とりわけ、「アイスクリーム熱」「愛の夢とか」「日曜日はどこへ」などは、前作と似た味わいがある。

このように、川上未映子の初の短編集である『愛の夢とか』に収められた七つの小説は、物事がパステル画のような淡い色彩で描かれている。なぜだろう。

トルストイは、一八九七年の日記で「部屋のなかを拭き、それから周囲を歩きまわってソファのそばに近づくと、わたしはもう、ソファを拭いたのだったか拭かなかったのかも思い出せなかった」と記し、そこから「もしだれも見なかったら、また、見たとしても、意識せずに見ていたのなら、そして多くの人々の全生活が無意識のうちに過ごされるとするなら、その生活は存在しなかったのと同じことであろう」という見解を導き出した。

芸術の持つ異化作用

ロシア・フォルマリズムの泰斗ヴィクトル・シクロフスキーは、このトルストイの記述を引用し、無意識的行動は「事物、衣服、家具、妻、そして戦争の恐怖」さえも摩滅させてしまうとし、だからこそ「生の感覚を回復し、事物を意識せんがために、石を石らしくするために、芸術と名づけられるものが存在するのだ」と指摘している（V・シクロフスキー『散文の理論』）。

ここでシクロフスキーが指摘していることは、芸術が持つ異化作用＝非日常化（オストラネーニエ）のことである。すなわち、通常なら人が気にもとめないものをあえて描写することを通じて、その描写されたものへの注意を人々に喚起する機能のことである。

川上未映子の、この短編集には、記されることがなかったなら「存在しなかったのと同じこと」とされるようなことが描かれている。二日おきにイタリアンミルクとペパーミントスプラッシュのアイスクリームを食べに来るお客さん、なぜか知らぬがリストの「愛の夢」をミスなく弾ききることを目指す老婦人、一四年前に別れた恋人、愛する妻そしてその妻に先立たれた夫。それらの人々は、彼らに一時でも出会った者がもし記憶に留めることがなかったなら、忘却され、「存在しなかったのと同じこと」となってしまう。重要なのは、彼らが特別の存在で、記録するに相応しいから描写されるのではないということだ。「アイスクリーム熱」の「わたし」が言うように、「そのよさは今のところ、わたしだけのもの」だからこそ描写されねばならないのだ。

そうした忘却の淵にある人や物事の描写がなされているのは、「三月の毛糸」の背景設定にあるように、この小説の書かれたのが震災直後であったからだ。

三・一一の地震と津波そして原発事故は、岩手・宮城・福島を中心に多くの人々から、家や田畑、仕事そしてなにより愛する家族を奪った。そうして奪われたかけがえのないものとは、実は、いつまでも続くと信じられていたありふれた日常であった。しかしこの日常性の喪失、危機は、被災者だけのものではなかった。震災は、被災者以外の者にも、何事もない日常こそ、希有のものであると知らしめることになった。

一回性の回復の試みとしての『愛の夢とか』

地震や津波によって生まれた非日常的状態が、それまで「平凡」に思われた日常が決して当たり前のものでないことを明らかにした。つまり、地震や津波が、通常「芸術」の持つ異化作用の機能を果たしてしまったということである。川上未映子が受けた衝撃とは、震災が期せずして果たしてしまった非日常化の体験に由来すると考えて差し支えあるまい。

『愛の夢とか』という短編集で川上が為そうとしたことは、「一回性を取り戻す」という試みだった。それは、具体的に言えば、激しい情動を引き起こすような震災という大きな事件を背景化し、その手前、前景にここに記されることがなかったから「存在しなかったのと同じこと」とされかねない事柄を淡々と描くということであった。

震災を背景化するという試みは、必ずしも成功しているとは言い難いが、それは沼田真佑の『影裏』や松浦理英子の『最愛の子ども』に先行するものとして銘記しておくべきだろう。

しかし、震災から八年の歳月が経とうしている現在においてなすべきことは、震災発生直後に書かれた川上未映子の作品から、震災の経験の消化＝昇華のあり方を探ることではないだろう。むしろ、震災発生前に書かれた作品を通じて、震災の経験がもたらしたことを探ることであろう。

そこで、『早稲田文学』における座談会で川上未映子自身が言及した『ヘヴン』を見てみよう。

2　震災・宗教・『ヘヴン』

宗教と文学

近代社会において文学は、宗教の役割を担っていた。マルクスは宗教を民衆にとってのアヘンに喩えた。宗教には過酷な現実を忘却させてくれる役割があると考えられたからだ。宗教がこうした現実逃避の手段として存在するのだとすれば、いまだに文学はそのような機能を幾分かはあるいは十二分に果たしているだろう。

信仰の危機と震災の文学

他方、震災の経験が見せつけたことは、情け容赦ない自然の猛威であり、その無慈悲さであった。愛する者を震災で亡くした人々はそう思ったことだろう。とりわけ信仰を持つ者ならば、なぜ神はそうした無慈悲なことを許容するのか、という神への問いかけを抱いたのではないか。この場合、信仰は、過酷な現実を忘却させてくれるどころか、むしろ過酷すぎる経験を人に強いる神の意図への疑義へと導くだろう。つまり震災の経験は、信仰を持つ者には、信仰の危機として現象したはずだ。

信仰の危機の問題については、本章で触れるが、宗教には「アヘン」とは別の意味がある。それは人をある覚醒へと導くことだ。とすれば、宗教は、一方で現実逃避つまりは現実を忘却することを目的とする一方で、それとは正反対の現実へと覚醒させる役割を果たすという相反する二面を持つことになる。

震災から八年が経過した今日、文学の存在意義が問われているとすれば、それは宗教の持つ二つ目の面、すなわち現実の覚醒へと人を導く機能があるのかどうか、ということに関わっているだろう。川上未映子の『ヘヴン』を読むことは、そのような文学の存在意義を経験する場である。ならば、『ヘヴン』は、どのように書かれているのか。

3　宗教の意味

『ヘヴン』がもたらす読みの経験とはいかなるものか。それについて考察を始める前に、先に述べた宗教の二面について、そして日本近代社会における宗教の意味について触れておく。

日本の社会は、非宗教的社会だと言われる。だがそれは必ずしも正しくない。実際正月の三が日で日本の総人口の四分の三以上の一億弱の人々が神社仏閣を参拝するのだから、日本人は決して宗教と無縁の生活を送っているわけではない。しかし、やはり日本人は、非宗教的な国民と言うべきだ。そう言えるのは、先に述べた宗教の二つ目の面に関わる。

御利益宗教としての日本人の信仰

神社仏閣に詣でる日本人にとっての宗教は、御利益宗教というものだ。多くの日本人が神社仏閣に参拝し賽銭を投げたりするのは、なんらかの見返り、つまり御利益を期待してのことである。御利益を本当に信じているかどうかは問題でない。百円かそこらを投ずることで願いが叶うなどと誰も真剣に期待してはいないからだ。

しかし、日本人にとっての神の意味は御利益にある。通常人は、善行を積めばそれが人知れずなされたものであっても、なんらかの幸運が神からもたらされると思っている。反対に誰も知らないところで悪事をなしたとしても、きっとその報いを受けることになると多くの者は考えている。そこには何の不思議もない。

こうした御利益のあり方は、実はわれわれの日常行動の判断基準となんら抵触するものでない。たとえば懸命に働いた結果、多くの富を得た者がいたとしてもそれは当然のことと考えるだろう。反対に、怠ければ貧困に陥っても仕方がないと思う。それはきわめて合理的なことだと考えられる。つまり御利益とは、ある行為の結果として禍福があるということで、その点で合理的なことであり、そこに不思議はない。だが、宗教である限り、不思議がないことこそ、むしろ問題なのだ。神の行いが合理的であるということには大きな矛盾が存在するからだ。

カントが、自身の哲学体系から神についての問いを排除したのは、彼が無神論者であったからではない。そもそも神が人間の理性能力では論じることが出来ないものだと考えたからだ。善行を積んだ者には幸いをもたらし、悪事を働いた者には災いをもたらすのが神の役割だとしたなら、それは人間に代替可能なものであり（国家には前記のような役割を果たすことが期待される）、神の存在意義は無に等しいだろう。

したがって、神の存在が意識されるのは、やはり「不条理ゆえに我信ず」で、理屈を超えた事態においてだと言えよう。善行を積んだにもかかわらず不幸に見舞われた場合、人はなぜ自分がこのような目に遭わねばならないのかと神の意図を問題視するようになる。先に触れたように、震災で愛する者を亡くした人々、とりわけ幼い子が犠牲者になってしまった親は、神がいるなら、なぜこのような無慈悲なこと、不条理を許容しているのか、その神の意図を問いかけずにはいられなかったのではないか。

神の不条理さと信仰

こうした宗教の不合理性が端的に現れるのは、ユダヤ教やその系統のキリスト教、イスラム教などの一神教においてだ。

たとえば、『旧約聖書』の『創世記』でアブラハムに対して神がやっとできた息子イサク（なんとアブラハム一〇〇歳、妻のサラが九〇歳にしてできた子である）を燔祭に捧げよと命じた場合。通常これは神がアブラハムの信仰心を試すために行ったことだと解釈される。しかし、少し考えればこれはおかしいことがすぐに分かる。一神教の神は絶対神であり全知全能であるのだから、アブラハムが心から神に帰依しているのか、それとも御利益を期待しての利己的欲望から神に忠実な振りをしているだけなのかはイサクを燔祭に捧げよというような面倒な命令をしなくても分かっているはずだ。アブラハムの考えを神は知っているはずだからそもそも試す必要がない。とすれば、ここで際立つのは、一体何のためにこのような無理な要求を神はアブラハムに突きつけたのか、その不可解さである。

神はなぜこのような不条理な要求をアブラハムに突きつけたのか。その答えの手がかりを与えてくるのは、アブラハムと並んで神の不可解な仕打ちに翻弄される『ヨブ記』のヨブである。

ヨブの苦難と信仰

義人ヨブはその信仰心の厚さから神に愛され、子に恵まれ、たくさんの奴隷や家畜を持ち裕福に暮らしている。サタンは神に対してヨブが忠実な神の僕であるのは、そうしたいわば利得があるからで、それを奪えば途端に神を呪詛するようになるだろうと言った。そこで神はサタンと一種の賭をする。ヨブからその所有物を奪った時、ヨブが神を呪うかそうでないか賭けたのだ。災害等で家畜や奴隷そして子供までも奪われたヨブは、しかし神を呪うことはなかった。「主は与え、主が取られたのだ」と言って超然としていた。しかしサタンもここで引き下がらない。ヨブが神を呪詛しなかったのは結局自分自身には危害が及んでいないからだとし、サタンは再度ヨブの元に行き、ヨブの体中をいやな臭いのする腫れ物で覆い尽くしてしまう。しかしヨブは「神から幸いを受けるのだから、災いをも受けるべきだ」と言って神を呪わなかった。

ヨブが義人であるのは神によってもたらされた幸いによってではないことが証明されたのだが、『ヨブ記』の意義はむしろこの後の展開にある。

ヨブが様々な災いに見舞われていると聞き、三人の友人がヨブを訪れる。その三人の言うことを簡略化すれば以下のようになる。ヨブが種々の苦難を経験せねばならないのは、本人は気づいていないかも知れないがどこかで神に対して罪となるようなことをしたからだ。だから、まずそれを謝罪すべきだと言うのだ。これは一見真っ当な主張のようにも思われる。宗教においては、不幸が重なったときなど、前世での悪縁などというようなことがしばしば持ち出されるからだ。しかし、ヨブはこうした友人の「忠言」をきっぱり拒絶する。自身には神に対してなんら恥じるところはないというのだ。

こうしたヨブの態度が意味するのは、ヨブは因果応報思想、因果律を完全に断ち切ったということである。サタンあるいは神によってヨブに課された二度の試練によって示されたのは、ヨブの信仰は、神がヨブにもたらした幸いによるものではないということであった。他方友人たちの「忠言」をヨブが拒絶したことによって明らかにされたのは、ヨブを襲った不幸もヨブ自身の信仰の態度とは無関係だということである。つまり、ヨブの信仰は、現世的幸福とも不幸とも無関係に成立しているということだ。換言すれば、ヨブの信仰には御利益の有無は介在していないということであり、ヨブが神を敬うのはそれが単に善いこととみなされているからということになる。

宗教的観点に立てば、ここでヨブの役割は終わるだろう。信仰は無前提に善いこととされたからだ。そして、神がアブラハムに突きつけた不条理な要求の意味もここにある。つまり、信仰とは、日本人が考えるような御利益を期待してのものではなく、現世的禍福とは無関係に善いこととして捉えられるべきものだということだった。

ヨブの問い＝なぜ「私」なのか

しかし、ヨブの意味はさらにその先にある。それこそが宗教の持つ二つ目の側面に関係している。ヨブを見舞った禍福が因果律を超えたものだとしたなら、そこで問われるのは、ならばなぜ神は「私」ヨブを選んだのか、ということである。

多くの日本人にとって宗教が御利益宗教に止まっている限り、このヨブのような問いかけは生まれてくることはないだろう。幸福は信仰の結果であるし、災いは不信心の報いということになるからだ。仮に善行を重ねたにもかかわらず不幸になったとしても前世の宿縁という視点が提供されれば、その不幸は理解可能なものとなる。御利益宗教的発想においては個人に訪れる禍福はある種の因果律に従っているということになる。そこではなぜ彼ではなく「私」に不幸あるいは幸運が訪れるのかという問いが浮上することはない。万有引力の法則において「なぜあの林檎でなく、この林檎が落下するのか」と問うことがナンセンスであるのと同様だ。

しかし、ヨブの経験において問われたのは、なぜ「私」なのか、ということである。

震災で愛する者を失った者たちが抱え込んだこともまた、同様な問いであったろう。なぜ、死んだのは、私の愛した者であって、「私」ではないのか。あるいは、なぜ、「私」は生き残り、私の愛した者が死んだのか、という問いである。

なぜ「私」なのか。この問いこそが人を文学へと誘うものである。そして『ヘヴン』の提示した問いである。

4　社会学の臨界点としてのいじめ

『ヘヴン』は、いわゆるいじめを主題にした小説である。

しかし、これまでに書かれた、多くのいじめを主題にした小説のどれにも、この『ヘヴン』は似ていない。それは、文学というもののあり方と関わる問題である。

現在発生しているいじめは、ちょうど『ドラえもん』のジャイアンとのび太の関係のような、腕力のあるガキ大将がひ弱な子をいじめるというようなものではない。また今日のいじめには、いじめっ子――いじめられっ子という固定化された役割があるわけでもない。いじめる側――いじめられる側の分岐点を力の有無といった個人の資質に還元して考える実体論的発想では説明できないものなのだ。むしろいじめはごく些細なことが起点となって発生し、いじめの対象となる子も明確な特徴や理由があるわけではないとされる。

社会システム論といじめ

いじめという現象を社会学的視点から論ずる内藤朝雄は、いじめが発生する学校空間においては何よりその場での関係性が主であり、個の持つ意味は二義的だとする。「いま、ここ」におけるノリこそがこの関係性を支配するものであり、このノリに上手く同調できない者、ノリ遅れた者がいじめの対象になる。だからついさっきまで仲良くしていた者同士の中から何かのノリで突然いじめられる人間が生まれたりする。「いま、ここ」における関係性を絶対視するノリにおいては、人権やヒューマニズムといった「いま、ここ」の関係を超越した普遍的原理は「悪」でさえあるという（『いじめの構造』）。

ノリ、その場の「空気」によってイジメが発生するという説明は、先に述べた実体論的発想よりは、現在発生しているいじめを読み解くうえではるかに有効だろう。またいじめという現象を社会問題として考察し、それへの効果的な対策を講じる際にも、こうした社会システム論的発想は有益だろう。

だが、社会システム論的観点からいじめについて考えることは、「いま、ここ」でいじめを受けている人にとって、救済どころか慰めにすらならない。その場のノリにノリ遅れた者がいじめられるのであり、いじめられる者にそれ以上の客観的資質があるわけでない。だから、学校という空間にいる限り誰だっていじめに遭う可能性があるのだ。そうした説明は、いじめの対象になる者はその場のノリによって決定されるのであり、つまりは偶然的なものだということしか教えてくれない。

こうした社会システム論的説明は、いじめられる者にその状況についての認識をもたらしても、そこから抜け出す具体的方法を提示するものではない。そこに問題がある。

こうした説明ならば、『ドラえもん』のジャイアンとのび太の場合のような、腕力の有無といった実体論的説明の方がはるかに救いになる。ボクシングの元世界チャンピオンの内藤大助選手のように、いじめを受けた少年が体を鍛え、かつて自分をいじめた連中を見返してやろうという方がはるかに「いま、ここ」でいじめられている人間にとっては心の支えとなるだろう。

しかしまた、繰り返しになるがいじめについて考える上で社会システム論的説明よりも実体論的思考が優位である言いたいのではない。個別のいじめについて対処する場合、実体論的発想で向かうことは、事態をむしろ混乱させる可能性すらある。いじめられる側も関係性において決まるということはいじめる側も同様であるはずで、実体論的発想でいじめの首謀者を見出しその人間を処罰し排除したとしても、システムそのものが温存されている限り、また別の人間がいじめる側として現れるだろうからだ。

システム論から抜け落ちるもの

社会政策としてのシステム論的発想に優位を認めたうえで、そこから抜け落ちてしまうもの、それは、「いま、ここ」でいじめられている人間の問題である。ノリでいじめられようが、換言すればいじめられることが偶然に過ぎないものであろうが、今ここで自分がいじめられているということはまぎれもない事実である。なぜ、ほかの誰かでなく、「私」であらねばならないのか。いじめられる人間が欲するのは、それの答えである。

この問いはまた、震災で家族などの愛する者を亡くした人々を捕らえた、あるいは囚われた問いでもある。

しかしまた、銘記しておくべきは、こうした問いが、震災発生当初にむしろ抑圧されていたことだ。震災において一万八〇〇〇人を超える死者・行方不明者が出た。また多くの者が津波によってあるいは福島第一原発の事故によって、住処を失った。そうした膨大な数の犠牲者・被災者を前にして、人はしばしば自分たちはまだましだと語った。第1章で言及したように、池澤夏樹は、『春を恨んだりはしない』において、「なんで俺がこんな目に遭わなければならないのか?」といった「恨みの言葉」にはついに出会わなかったという、大船渡の医師の言葉を記していた。つまり、震災で被災した者たちは、命を失った者たちやその家族に比べれば、自分は、まだましだと思ったということだ。しかし、妻子を失った者と妻を失った者とを比較することに意味があると思う者はいないだろう。にもかかわらず、「なぜ私なのか」という問いが抑圧された。それは、一万八〇〇〇人を超える死者・行方不明の数によるのではないか。

膨大な数の前に、というよりも、人も家もすべてを飲み込み海へとさらっていった、あの黒い津波の猛威、自然の恐るべき力を前にして、人は、己の無力さに打ちひしがれたのだ。それは、ある面で当然のことと言えるが、また視点を変えて見ると、それは、確率論的発想に立っているとも言える。つまり、その死が一万分の一であるなら、なぜそんな事態が発生したのかと問うたかもしれない。が、集落の三分の一の人が犠牲になったとしたら、なぜ自分の家族にこんな悲劇が起きたかという問いは発しづらくなるだろう。その時、人は、われしらず、巨視的視点に立っている。換言すれば、いじめの場合とは異なるが、自己の問題を社会という俯瞰的視点から眺める社会システム論の立場にたってしまっているのだ。

『早稲田文学』の座談会で川上未映子が受けた衝撃は、われしらず社会システム論的視点に立っていることからもたらされたものだ。

震災後抑圧されたもの

だが、震災時において、この社会システム論的視点から抑圧された問いは、抑圧され、無意識化しただけで消失したわけではない。

無意識化した問いは、フロイトが指摘した通り、必ず回帰してくる。震災で大切な子供を亡くした親たちが囚われたのは、なぜ、あの子は命を落とさねばならなかったのかというものだ。ある程度状況を精査すれば、わが子が死に至る因果関係は説明可能かもしれないが、明瞭化した因果の糸によっても、消えない問いがある。なぜ命を亡くしたのはあの子であって、私ではないのか、あるいはなぜ生き残ったのは、あの子ではなく、私であらねばならなかったのか。こうした問いだ。震災で家族を亡くした人々を苦しめたのは、そうしたものであった。

震災においても、いじめの場合と同様に、科学的知、社会システム論や社会科学はそうした問いに対して決して答えを与えるものではない。この科学・社会科学の臨界点において、文学が登場する場が生まれる。

5　「ワニとハブとひょうたん池で」――社会システムとしてのいじめ

いじめを主題としたこれまでの小説は、結局社会システム論的思考に止まっていた（もちろんそれ以前の、たとえば継子いじめ譚に代表される、いじめを個人の資質に還元して考える実体論的発想に基づく小説もある）。

「ワニとハブとひょうたん池で」

重松清は、いじめをテーマにした作品を多く書いている。坪田譲治文学賞を受賞した短編集『ナイフ』に収められた「ワニとハブとひょうたん池で」は社会システム論的観点からいじめという現象を作品化した代表的な小説である。

私立の女子中学校に通うミキは、ある日クラスメイトからハブにされる。彼女がハブ、すなわちいじめを受ける明確な理由はない。クラスの中心的人物であるサエコと折り合いが悪かったことがきっかけだ。内藤朝雄が言う級友たちのノリにミキは上手く同調することができず、その結果ハブの対象になったのだ。いじめは学校だけでなくミキが通う塾にまで広がり、さらに自宅に嫌がらせの手紙まで届くようになる。自殺すらミキは意識するようになるが、クラスにおけるいじめを担任の教師に密告していた人物が明らかになったことから、ミキへのいじめは終焉を迎える。その代わりに、いじめを密告したホナミが今度はいじめの対象となる。サエコは、ホナミのいじめに参加するようにミキを誘うが、彼女はその誘いを断る。そして、保身のため、換言すればノリに遅れないようにいじめという「ゲーム」に参加するクラスメイトから距離を置くようになる。その後それまでミキをいじめた中心的なメンバーであったサエコが今度はいじめのターゲットとなる。

この「ワニとハブとひょうたん池で」は、いじめというものを個人の資質から説明するような実体論発想をとらず、あくまでもシステム論的観点から描いた点で、現在のいじめの問題をヴィヴィドに捉えていたと言える。ミキへのいじめも、サエコとの決定的対立・不和という出来事によってではなく、なんとなく折り合いが悪いという、ノリに起因するものとして描いてあるからだ。またいじめの対象がミキからホナミへそしてサエコへと変遷していくということも、そもそもそれらいじめの対象になる少女たちがいじめられねばならないはっきりとした資質を持っているからではないことを示唆している。つまり重松は、この小説によって、いじめの問題をいじめっ子――いじめらっれ子という実体論的視点でなく、関係論的視点から社会システムの問題として描いた。

関係論的視点から描かれたいじめ

社会学者の内藤朝雄がいじめをノリという視点から社会システムの問題として捉えたのは二〇〇一年に刊行された『いじめの社会理論』が最初だ。この小説は一九九七年に書かれたものだから、内藤によるいじめ論の四年も前から重松はいじめを社会システムの問題として捉えていたことになる。社会学者が多くのいじめの事例を収集してそこから帰納的に導き出した理論を、作家的炯眼から重松は見事に作品化していたと言える。単にいじめの問題を描いた社会派の作品というだけでない。住宅地の公園の池にワニがいるという話題をからめ、このワニの話とミキといじめの中心的人物であるサエコが小説の終盤で対決するシーンを重ねて描いたところもフィクションとしての読み応えを高める仕掛けであり、作品としての完成度も高い。

したがって、この小説を通じてわれわれは、内藤が紹介している実際のいじめの事例以上にいじめというものの今日的あり方に生々しい形で触れることが出来る。しかし、それでも、この小説は、今でも日本のどこかで起きているだろう様々ないじめの一例のようにしか読めない。いじめと総称される一般的事態の個別例のように読めてしまう。というよりもそのようにしか読めない。より正確に言えば、川上未映子の『ヘヴン』を読んだ後ではそのように見えてしまうということだ。

ならば、川上の『ヘヴン』と重松の「ワニとハブとひょうたん池で」を隔てるものは、何か。

6　「ワニとハブとひょうたん池で」から『ヘヴン』へ

『ヘヴン』はいじめを主題とした小説だと言った。実際、主人公の「僕」がいじめを受ける場面の描写は凄惨で読み続けることに嫌悪を覚えるほどだ。しかし、この小説は単なる中学校におけるいじめを描いた小説ではない。

『ヘヴン』に描かれたいじめ

中学に通う男子生徒の「僕」は、同じクラスの優等生二ノ宮と百瀬を中心とした生徒から「ロンパリ」と呼ばれ、激しいいじめに遭っている。チョークを食べさせられたり、机の中にゴミや汚物を入れられたり、あるいは掃除道具を入れるロッカーに閉じ込められたりしている。「僕」と同じクラスにはもう一人、いじめの対象になっている生徒がいた。コジマという名の少女だ。コジマは服装やみなりに無頓着で、そのため「不潔だ」「貧乏だ」と言われいじめられている。コジマが「僕」の筆箱の中にこっそり入れておいたメモからふたりは学校外で会うようになる。

男女ふたりのいじめられる生徒を登場させたところがこの小説が成功した大きな要因であるが、ここで注目したいのは、両者ともいじめられる根拠が明示されていることだ。すなわち「僕」は目がロンパリであること、コジマは身なりや容姿が「不潔」に見えること、といった両者の資質からいじめられているように記されていることだ。この点で、この小説は、一見、重松の「ワニとハブとひょうたん池で」に比べると、実体論的観点からいじめを捉えようとした小説のように思われる。

もちろん『ヘヴン』はいじめの原因を実体化して語ろうとした小説ではない。そのことは後で述べるが、ここで確認しておかねばならないことは、実際のいじめにおいては、通常いじめを行う方もノリということを根拠としていじめに走るわけではないということだ。容姿、態度あるいはなんらかの出来事なりをきっかけとしていじめが始まる。つまり、いじめの理由は、表面上実体化して語られることが多い。もちろんそうした理由は、きっかけでしかない。現在のいじめは、たとえばある態度にむかついたという理由でいじめが始まったとしても、いじめられる方がその態度を改めたからといって、終わるわけでないのだ。

フェティッシュといじめ

このいじめの原因とされるものは、フロイトの言うフェティシズムの対象に近い。フェティシストが下着やハイヒールに欲望を感じそれを収集しようとするのは、下着やハイヒールといった物を欲望しているからではない。靴や下着の先にあるもの、つまり性器を欲望しているのだ。しかしその性器もまた現実の性器ではない。ファルス（男根）こそが欲望されているのだ。このファルスが現実のペニスとは異なる、想像的なものである以上、決してそれは欲望する者の手に入ることはない。それへの欲望は決して満たされることがないのだ。だからフェティシストは何十、何百と下着やハイヒールを集め続けねばならなくなる。

いじめにおいても、事態はフェティシズムの場合と同様だ。いじめられる者の、ある資質が問題視されいじめが開始されたとして、仮にその資質が除去されてもさらに別の理由が見出され、いじめは継続される。ある資質の先にある何ものかこそ、嫌悪されたからだ。

この嫌悪されたものが問題なのだが、それは後に論じるとして、しかしまた、いじめられる方からすれば、いじめの原因が少しでも特定された方が救いとなる。この原因つまりスティグマさえ除去されれば、いじめが終わると希望を持つことができるからだ。

『ヘヴン』においても「僕」は、じぶんがロンパリであることが二ノ宮たちによるいじめの原因と考えている。

しかし、コジマの方は、自身のいじめの原因とされるスティグマ「不潔さ」について「僕」とは異なる考え方をしている。

7　コジマあるいはアウシュヴィッツを生き延びること

コジマの母親は、コジマの実父と別れて再婚している。別れた主な理由は、前夫が事業に失敗し多額の借金を抱えたことにある。母の再婚の相手は裕福なので、実は貧困ゆえにコジマが身なりに無頓着であるわけでない。コジマはあえて不潔な装いをしているのだ。

その理由をコジマは「僕」にこう説明する。

だってわたしがこんなふうに汚くしてるのは、お父さんを忘れないようにってだけのことなんだもの。お父さんと一緒に暮らしたってことのしるしのようなものなんだもの。これはわたしにしかわからない大事なしるしなんだもの。

コジマは、クラスメイトが彼女をいじめる原因としている「不潔さ」を自らの意志において選んだものだという。別れた父親を忘れないため、つまりは父への贖罪としてあえて「不潔」にしているというのだ。これは驚くべきことだろう。

コジマの父親が貧困に陥ったのは、直接には彼の経営する工場が倒産に追い込まれたからだ。それは彼に経営者としての資質が足りなかったからだとしても、その失敗の原因を彼だけに帰することは困難だろう。コジマは、彼の父が決して怠けたわけではなく懸命に働いたにもかかわらず事業が上手く行かなくなったと述べているからだ。その失敗は運に大きく左右されたものだ。また、その貧困に耐えられずにコジマの母親が夫と別れたのも、多少身勝手な面もないとは言えないが、彼女の行動を一方的に非難することは出来ないだろう。ましてや子供であるコジマが別れた父親に対して罪の意識を持つ必然性はない。だがまた、そう感じるコジマの心の動きは、必ずしも理解できないものではない。

コジマの罪悪感と『アウシュヴィッツの残りのもの』

コジマのこの罪悪感は、あえて言えば、アウシュヴィッツにおいて生き残ったユダヤ人が感じる羞恥心に近いものではないか。

『アウシュヴィッツの残りのもの』においてアガンベンは、アウシュヴィッツから生還した者が持つ独特の羞恥心について考察を加えている。

アウシュヴィッツという過酷な経験を経て辛うじて生還した者たちが、なぜ羞恥心を持たねばならないのか。そのような経験を彼らに課したナチやあるいは彼らをナチに売り渡したかつての同朋たちが、罪責意識を持つなら分かる。だが、被害者である彼らが罪の意識を持たねばならないいわれはないはずだ。しかし、彼らは、消し難い羞恥心に苦しめられねばならない。

それはひとつには、アウシュヴィッツで生き残ること自体が、他の人間を出し抜くことで可能になったという面があるからだ。ゾンダーコマンドと呼ばれる人々、彼らはガス室で落命した人間から金歯をとったり髪を切ったりし、その後死体を処理するというおぞましい仕事を遂行する者たちだ。このゾンダーコマンドは同じ収容所の囚人から選ばれた。

彼らゾンダーコマンドに代表されるように、アウシュヴィッツから生還することは、死んでいった多くの仲間たちの、その死を糧にしたという側面がある。だからこそ、生き残ったこと自体に罪の意識が芽生えるのだ。

これは、東日本大震災で被災した人を襲うＰＴＳＤの症状に通じるものだろう。彼らは間近で夫や妻あるいは子供あるいは親が死んだにもかかわらず自分は生き延びたことに罪の意識を持ちそれに苦しめられるのだ。

コジマがあえて不潔な格好をしているのは、父を忘れないためだという。それは、父を捨て裕福な男と結婚した母そしてその母についていった自分たちだけが豊かな暮らしを享受できるようになった負い目からのものだ。ここでのコジマは、アウシュヴィッツを生き延びた者が、死んでいった同朋たちに対して感じる罪責意識と同じようなものを感じていたと言ってよいだろう。懸命に働いた父。にもかかわらず貧困に沈み、妻子に去られた父。そんな父を残して自分だけが、裕福な新しい父の下で幸せになることなど出来ない。そういう意思表明として、そして父を忘れないために、コジマは「不潔」であるのだ。

「不潔」であることの意味

だが、コジマは自分が「不潔」であることにやがて別様の意味を見出すようになる。

その契機は、「僕」が二ノ宮たちからそれまでにない激しいいじめを受けたことにある。体育館に一人呼び出された「僕」は、裂け目がつけられたバレーボールのボールを被らされる。本当はバレーボールでなくサッカーボールでやりたかったのだがサッカーボールは高価なため管理が厳しく勝手に持ち出すことが難しいからだという。「僕」にサッカーボールの代用としてバレーボールを被せたのは、頭をすっぽりボールで覆い彼をボールに見立ててサッカーをするためであった。サッカーボールに見立てられた「僕」は二ノ宮たちに蹴られ鼻からおびただしい出血をして倒れる。それを見て二ノ宮たちは「僕」を残して体育館から去っていく。

これまでのいじめと今回のいじめが異質なのは、明らかに暴行の痕が人目につくような形でのものであった点にある。二ノ宮らは「僕」に今回のことを教師にも家族に気付かれないようにしろと指示して去るが、それまでは殴るにしても外からは見えないような箇所でありかつ痣の残らない程度に加減したものだった。今回のいじめ（というよりもこれは犯罪だが）は、鼻が折れたと思われるほどの激しいものであり、そこに二ノ宮たちの、「僕」とそしてコジマに対する苛立ちが垣間見えている。どんなにいじめても決して学校を休むことなく通い続ける「僕」らに彼らは苛立っているのだ。

積極的にいじめを受け入れること

こうした光景をこっそり跡をつけてきて目撃したコジマは、傷ついた「僕」の身を案じつつ、「僕」にこう告げる。

「君もわたしも、弱いからされるままになってるんじゃないんだよ。あいつらの言いなりになってただ従ってるわけじゃないの。最初はそうだったかもしれないけれど、わたしたちはただ従ってるだけじゃないんだよ。受け入れてるのよ。自分たちの目のまえでいったいなにが起こってるのか、それをきちんと理解して、わたしたちはそれを受け入れてるんだよ。強いか弱いかで言ったら、それはむしろ強さがないとできないことなんだよ」

ここでのコジマの発言は倒錯的である。自分たちは、単にいじめられているのではない。受動的にいじめられているのではない。逃げようと思えば逃げられるし、反撃することもできる。しかしあえてそうせずにむしろいじめを積極的に受け入れているのだ。自らの意志においていじめを受容しているというのだ。受動から能動への反転がここで生起している。

この反転の意味は、のちほど考察するが、このような立場にあるコジマにとって「不潔」であることの意味ももはや単に父への贖罪という意味だけではなくなる。

この言明ののち、学校でいじめを受けているコジマの姿にこれまでにない凜とした強さのようなものを「僕」は感じるようになっていく。そしてそんな「僕」にコジマは、「不潔」であることは最初純粋にお父さんのことを忘れないためのしるしだったが、今では単にそれだけのためのものではなくなった、それは「美しい弱さ」だと告げる。

それは、わたしたちにあんなふうにするしかない、あの子たちのためにも存在している弱さなのよ。

あの子たちはね、気づいてないのよ。でもそれは仕方ないことなんだよね。でもわたしや君には、このことの意味がちゃんと理解できてる。わかってる。そしてそういうふうにさ、この弱さで、このありかたを引きうけて生きていくのは世界でいちばんたいせつな強さなんだ。これは、……あの子たちや、わたしたちや、お父さん、……だけじゃなくて、世のなかにあるすべての弱さのための、そしてほんとの意味での強さのための、儀式なのよ。虐げられて、苦しめられて、それでもそれを乗り越えようとしてる、この大切さを知ってる人たちのことを忘れないためのものなの。

ここでコジマが語る「弱さ」とはいかなるものか。この「弱さ」について考えるためにここでもう一度アウシュヴィッツを生き延びた者が感じる羞恥について触れてみたい。

8　存在の羞恥と不潔さ

アウシュヴィッツを生き延びた者が感じる羞恥は、他の者の犠牲の上に自己の生があることに対する罪障感に由来すると述べた。だが、そうした生き残ったことへの罪悪感だけでは説明できないような恥についてアガンベンは言及している。

生き残りの抱える羞恥

それはアンテルムの『人類』という著作に記されたある箇所から語られている。ダッハウへと囚人が移送される途中で、行軍を遅らせる可能性のある者を、彼らを護送するSSは容赦なく殺していたという。しかもその選抜には決まった基準などなかった。あるボローニャの大学生がSSの目にとまり、呼ばれた。呼ばれているのが、他でもない自分だと分かった時、その大学生は赤面したという。

この大学生が赤面したのは、先に説明したアウシュヴィッツから生還した者が感じる、生き残ることへの羞恥心からではないのは明白だ。彼は殺されるためにSSに呼ばれたのだから。ならば、なぜ彼は赤面しなければならなかったのか。

それについてアガンベンは、レヴィナスを援用しつつこう説明する。

恥ずかしさは、モラリストが教えていることとはちがって、わたしたちが自分の存在から距離をとって、自分の存在の不完全性もしくは欠陥について意識することから生まれるのではない。反対に、恥ずかしさは、わたしたちの存在が自己とのきずなを断つことの不可能性、それが自己自身とのつながりを断つことの絶対的無力にもとづいている。裸でいるときにわたしたちが恥ずかしさを感じるのは、視線から隠したいものを隠すことができないからであり、自己から逃れようとする抑えがたい衝動に、同じくらい強力に逃亡の不可能性が立ちはだかるからである。

人は、自分が自分以外であり得ないことに羞恥を覚えるという。なぜ自分が自分以外のものであり得ないことに恥じらいを覚えるのか。それをアガンベンは、「引き受けることのできないもののもとに引き渡されること」による、この受動性を恥じらうのだという。

これはどういうことを意味しているのか。アガンベンそしてレヴィナスの指摘する受動性とは、われわれの生誕を例にすれば分かりやすい。

人はその生誕を自己の意志で決定できないだけでなく、いつ自身のことを自分と認識するようになったかすら記憶していない。自己意識を持つことすら自身の意志では決定できないのだ。人はそれほど受動的存在なのだ。こうした自身の生誕と自己の起源をめぐる受動性こそが人間存在に穿たれた穴である。そうした根源的受動性、自己の絶対的無力さに直面させられたとき、人は羞恥を覚えるのだ。

SSの隊員に選ばれたボローニャの大学生が見せた赤面は、自己の絶対的無力さに直面させられたことに由来するものなのだ。

アウシュヴィッツで生きることとは、この自己の絶対的無力さを直視し続けることである。なぜなら自身の意志で生き続けることの可能性を極限まで縮減されるからだ。ゾンダーコマンドに選ばれた者も、しかし明日反対に自らが金歯を取られ髪の毛を刈り取られる側になるかもしれないのだ。明日への生存そのものが自身の意欲に関わりなく完全な恣意性に委ねられていること。それがアウシュヴィッツでの経験なのだ。

アウシュヴィッツと津波

奇異と思われるかもしれないが、震災で被災した人々、とりわけ家族を津波によって失った人々を捕らえた無力さもまた、このボローニャの大学生が囚われた羞恥と同種のものであったろう。人知をはるかに超えた津波の猛威を前にして、その生死を分けたのは、偶然以外の何ものでもなかったろうから。

かつてコジマはまだ両親が離婚する前にコジマの母になぜ父親と結婚したのか、と聞いたことがあった。それに対して母親は「なにからなにまで可哀想だったの」と答えた。

無力な父に同情して結婚した母も最後にはその父を捨てて、他の男と再婚した。コジマは母を許せないという。それは母親が単に父を見捨てたからではない。コジマが母親を許せないと思うのは「最後まで、可哀想だって思いつづけなかったこと」だと言う。

コジマの母親は無力な夫の姿を見続けることに耐えられなくなったのだ。それは、運命としかいえないものに翻弄され貧困に沈んでいく夫の姿を見るのが辛いからだけではない。そんな夫に対して何もしてやれない自身の無力さを直視できなくなったからだ。

ならばコジマはどうか。別れた父親に久しぶりに会いに行ったコジマは、温泉街でマッサージ師の送迎をして暮らしている父親の慎ましい暮らしを目の当たりにする。ボロボロになった靴を買い換えることも出来ないほど苦しい生活をしている父親は、久しぶりに会った娘と喫茶店に入りケーキとジュースを好きなだけお代わりしていいと言った。コジマは好きでもないケーキを二つも食べた。靴すら買い換えることの出来ない父親も娘の前ではせめて父親らしく振る舞いたいのだ。それほどコジマの父親は無力である。そしてコジマはその父の無力さを目の前にして、食べたくもないケーキを二つも食べて無邪気な子供のように振る舞うしかない。コジマもまた哀れなまでに無力な存在である。

弱さへの償い

当初コジマは父親のことを忘れないために「不潔」にしていた。なぜ忘れないようにするのか。少なくともコジマは、母親が再婚したおかげで貧困を脱したからだ。ならば、コジマは無力でなくなったのか。そうではない。金銭的・物資的に豊かになったとしても哀れな父に対して何もしてやれない自身の無力さは解消されるものではないからだ。それを知ったとき、コジマにとって「不潔」であることは、別様の意味を帯びるようになる。コジマの「不潔さ」は、父親に、愛する者にさえなにもしてやれない自身の弱さの象徴という意味を持つようになる。

コジマの父親がアウシュヴィッツで死んでいった者であり津波の犠牲者だとすれば、コジマはアウシュヴィッツを生き延びた者であり津波から生還した者に喩えることが出来るだろう。コジマの父とコジマは人間の根元的受動性に直面させられた者である。そして、「不潔」であることをそしていじめを自らの意志において受容するというコジマは、この受動性、絶対的無力に直面し続けようとする者である。それがコジマの言う「美しい弱さ」である。

ただ、このことの意味が開示されるのは、作品のクライマックスである。そこに触れる前に、もうひとつここで確認しておかねばならないことがある。それは、コジマが「僕」が大けがをしたいじめを目撃したところから急速に変化していくのに対して、「僕」はコジマの変化の意味を十分には理解していないことだ。

「僕」とコジマの間に出来た微妙な齟齬の意味は、「僕」とコジマそしていじめる側と三者関係を通じて顕在化する。とくに重要なのは、いじめの主導者である二ノ宮を補佐するような役割を果たしている百瀬である。「僕」と百瀬、コジマと百瀬、この三者の関係にこそこの小説の主題が隠されている。

体育館での事件以来、教室でのコジマは、以前と同様にひどいいじめを受けていてもそれまでにない強さのようなものを見せるようになっていく。「僕」は、このコジマの変化をうまく受け取ることが出来ないでいる。そんなとき、「僕」は体育館で蹴られたせいで負った傷の治療に訪れた病院で、彼にケガを負わせた張本人の一人である百瀬の姿を見かける。「僕」は意を決して百瀬に近づき話しかける。「僕」は百瀬に対して斜視であることを理由にしたいじめをやめるように告げる。それに対して百瀬は、「君の目が斜視っていうのは、君が苛めを受けてる決定的な要因じゃない」と答える。さらに百瀬はこう言う。

「べつに君じゃなくたって全然いいんだよ。誰でもいいの。たまたまそこに君がいて、たまたま僕たちのムードみたいなのがあって、たまたまそれが一致したってだけのことでしかないんだから」

このように語る百瀬を前にして、「僕」は二重に疎外されている状態にある。

いじめの理由と疎外

百瀬や二ノ宮はそれまで「僕」を「ロンパリ」すなわち斜視が不気味だといっていじめていた。だから「僕」は斜視がいじめの原因と考えていた。そこで彼らのいじめを阻止するには二つの方法が考えられる。斜視を治療すること。もうひとつは彼らに斜視を理由としたいじめを止めるように言うことだ。ここで「僕」が選んだのは、後者であった。

先に、いじめられている者にとってその原因を実体化して考えることは救いになると書いた。それはいじめがいかにひどくてもその原因さえ除去できれば、いじめを止めさせることが想像可能だからだ。だから「僕」も意を決して斜視を理由にしたいじめを止めるように言った。だが斜視はいじめの原因ではなく、「僕」がいじめられていることに決定的理由などない。すべては偶然の産物に過ぎないと、百瀬はいう。こう言明されたとき、「僕」にはもはやいじめをやめさせるために自身にできることはない、ということになる。

ここで「僕」は、いじめを抜け出す可能性を否定されただけでなく、いじめを受けることの意味すら喪失したことになる。

斜視であること。それは「僕」にとっていじめの原因として忌むべきものであったとしても、同時にそれは他の者たちから自分を差異化するものであり、アイデンティティの基盤でもあった。しかし、斜視はいじめの原因ではないと言われたことで「僕」はそのアイデンティティの縁すら失ったことになる。「僕」が「僕」であることの根拠を同時に剥奪されたのだ。

ここでの「僕」は、『ヨブ記』でヨブの下にやってきた友人たちから今回の災厄の原因はなんらかの形で神の怒りに触れるようなことをしたのだから神にまず謝罪すべきだという友人たちの「忠言」を拒否したヨブの立場に、意図せざるかたちで立ったことになる。

どのような形であれ、自身に原因があればそれに対して対策を講じることも出来る。それが主体的に生きることだと通常われわれは考えている。だが、ヨブの不幸について彼自身思い当たる点がないとすれば、ヨブはその不幸を単に不幸として甘受するしかない。

「僕」もまた斜視といういじめの原因と思われたものを失うことでいじめという過酷な現実を単なる「ムード」、偶然の結果として引き受けざるを得なくなったのだ。もちろん、ヨブと「僕」の間には大きな差異がある。不幸について因果関係を想定できないとはいえ、ヨブの不幸の背後には神の存在を見出すことができた。しかし、「僕」の前にいるのは同級生の少年たちに過ぎない（ここでの差異は実は表向きのものにしか過ぎないが、そのことについては後で触れる）。

カント vs. ニーチェ

このようにいじめから抜け出す可能性を失った「僕」はそれでも百瀬に自分や身内がされたら耐えられないようなことをどうして平気で他人には出来るかのかと問う。それに対して百瀬はこう答える。

『自分がされたらいやなことは、他人にしてはいけません』っていうのはあれ、インチキだよ。嘘に決まってるじゃないか、あんなの。ああいうのは自分でものを考えることも切りひらくこともできない、能力もちからもない程度の低いやつらの言いわけにすぎないんだよ。

この百瀬の言明は、カントが『実践理性批判』で提出した道徳についての定言命法「君の意志の格率が、つねに同時に普遍的立法の原理として通用することができるるように行為しなさい」(坂部恵・伊古田理訳)に対してニーチェが示した反論に該当する(川上のこの著作自体、ニーチェ的思考というよりも永井均の描き出したニーチェ的思考の影響が見られる)。意志の格率、すなわち個人的道徳原則はどのような場合も誰に対しても妥当するものであらねばならない、というカントの定言命法には、百瀬がインチキだとした、自分がされたら嫌なことは他人してはならないという原則も当然包含されている。

こうしたカント的道徳律を欺瞞として批判したのが、ニーチェだった。

ニーチェは、人が「道徳に服従することは、君主に服従することと同じように、奴隷的でも、思い上がりでも、利己心でも、諦めでも、陰鬱な熱狂でも、無思慮でも、ありうる。それ自体としては、それは道徳的なものではない」(茅野良男訳『曙光』)とした。人が道徳に従うのは、それが正義に適っているとか善であるからではないというのだ。

ならば何が人を道徳へと誘うのか。

> これまで人は非個人的なものを道徳的行為の本来の徴表とみなしてきた。そしてはじめは全般的な利益への顧慮こそがあらゆる非個人的な行為のほめられたり特別扱いされたりする理由であった
>
> (池尾健一訳『人間的、あまりに人間的I』)

「全般的な利益への顧慮」とは個人を超えた共同体へ配慮するということである。われわれが属する社会を維持するために己の欲望を犠牲にすることが道徳の起源にあるものだとニーチェは言うのだ。

ならば、ニーチェにおける道徳とはいかなるものか。

ニーチェの道徳と百瀬

永井均は、ニーチェの「私の道徳は、ひとりの人間から一般的性格をしだいに奪い取って特殊化していき、ついには他の人間には理解しがたいものにしてしまうことである」という言葉を引用し、ニーチェの思想の根本にある反社会性を指摘している。そしてニーチェの思想から導き出される答えとして、個人がある行為を行おうとしてその行為が反社会的、反道徳的なことであっても（たとえば人をいじめるとかあるいは人を殺すとか）、本人が本当にそれを望んでいるのであればそれはなすべきことだとした、とする（『これがニーチェだ』）。

百瀬の発言は、共同性、相互性に基づく道徳を否定した点できわめてニーチェの道徳思想、超人思想に近接したものであったと言える。

さらに百瀬は地獄とか天国の存在を否定し、地獄も天国もあるとしたら自分たちが生きているこの世界こそが天国でもあれば、地獄でもあるのだという。百瀬はこうも言う。

「弱いやつらは本当のことに耐えられないんだよ。苦しみとか悲しみとかに、それこそ人生なんてものにそもそも意味がないなんてそんなあたりまえのことに耐えられないんだよ」

共同性、互酬性に基づく道徳を否定し、生に意味などないし、苦痛や悲しみに意味を見出そうとするのは弱者の発想とする百瀬。そして自分が「僕」をいじめるのも「僕」が斜視であることによるという因果論的発想を否定し、その場のムードによって決まっているのだと告げる百瀬は、さながらニーチェの超人思想を地でいくような存在である。さらに言えば、ヨブに様々な災いが見舞うに任せた『ヨブ記』の神のような存在になぞらえてもいいかもしれない。

このような百瀬を前にして、為す術もない「僕」はヨブのような立場に立たされている。意を決して百瀬にいじめを止めるように求めたのに、あっさりとその可能性を否定され、あまつさえ彼のアイデンティティの基盤でもあった斜視の意味も否定された「僕」には、この過酷ないじめから逃れる術はもはや残されていないように見える。

それ以上に重要なのは、ここで展開された百瀬の主張に対して「僕」が黙するしかなかったように、百瀬の主張に対して有効な反論を試みることは困難に見えることだ。カント的主張は、ニーチェの超人思想を前に敗れるしかないのか。

コジマならば、百瀬になんと対応したか。

10　ニーチェ対ニーチェ

百瀬との対話の後、病院で、「僕」は手術によって斜視が直る可能性を告げられる。それも一万五〇〇〇円という比較的安価な値段でだ。

コジマと百瀬の類縁性

「僕」は久しぶりにふたりきりでコジマに会った際に手術で斜視が直る可能性について告げる。しかし、「僕」からその言葉を聞いたコジマの反応は、思いもよらないものであった。

その目は、君のいちばん大事な部分なんだよ。ほかの誰でもない君の、本当に君をかたちづくっている大事な大事なことじゃない。

斜視の治療の可能性を告げる「僕」に対して、その斜視の目こそ「僕」が「僕」であることの基盤だと告げるコジマは、ニーチェの『ツァラトストラかく語りき』でツァラトストラが語った「傴僂の人間よりその傴僂を取り去るのは、彼の精神を奪い去るに等しい」（竹山道雄訳）という言葉に対応するものである。

このように、「僕」に対して斜視の治療の無意味さを説くコジマは、ニーチェ的超人思想を体現したような百瀬と驚くほど近い位置にいる。

しかしまた、コジマと百瀬とは対極的な位置にいる。

人生に意味など無いと嘯く百瀬は、同時に「僕」にこう語ってもいたからだ。

たとえばこないださ、僕たちはバレーボールに君の頭を入れて蹴りあげることができた。できただろ？　君蹴られただろ、しっかり。でも君にはそれができない。なんで、で、き、な、い、ん、だよ？　ここが重要だろ？　多勢に無勢だったからだって君は言うかもしれないけれど、それは僕に言わせるとほとんど関係ないことだ。仮に仕返しもなにもしないからいいからいまやってみなって言われて、僕の頭にバレーボールをかぶせて君は蹴ることができるか？（傍点原文）

ここで百瀬は一見自身と「僕」の行動原理あるいは倫理観の違いについて語っているように見える。百瀬は人を平気で虐げるようなことを罪悪感も感じずにすることが出来る。しかし「僕」は百瀬や二ノ宮らにいいようにいじめられているだけで、それに対して反抗すら出来ない。「僕」がそのようにいじめられるのは百瀬や二ノ宮のように他者の苦痛を意に介さず行動することができないからだ。

事実確認的言説と行為遂行的言説

たしかに、こうした百瀬の説明は、「僕」をめぐる現状を事実確認的《コンスタティヴ》に説明する言明のように見える。しかし、ここには百瀬の狡智が潜んでいる。

この百瀬の説明は、ちょうど海で溺れている人間が「溺れる」と叫んでいるようなものだ。溺れている人間が「溺れる」と叫んでいる場面に遭遇したとき、人はその叫びを単に自身の現状についての事実確認的言明とは見なさないだろう。「溺れる」は「助ける」という行動を要求するものと判断するはずだ。つまり、百瀬の言明は一見、「僕」に対するいじめを事実確認的に説明するものに見えて、実はもしそういう状況が嫌ならば「僕」自身も百瀬たちのように行動すべきだということを暗黙のうちに語るものなのだ。したがって、百瀬の言葉は共同性・社会性を否定して個の価値を重んじるニーチェの超人思想を体現するように見えて、実はそれとは正反対の共同性への秘かな誘い、つまり俺たちと同じように振る舞えという意味が込められていることになる。

それに対してコジマは、「僕」が斜視の治療がどのような意味を持つかを以下のように語る。


「君は、そうしたいなら、目を治して、あの連中に従えばいいと思う。さんざん標的にされてきた目を治せば、もうあんな酷い目に遭わせられることもないだろうし、君がそれを選ぶんなら、わたしはなにも言えないし、どうすることもできない」

（中略）

「わたしと君が、いまここでなにかがあって死ぬかなにかして、それでもう酷い目に遭わされることがなくなったとしても、いつだってどこかで、おなじようなことが起きてるんだよ。弱い人はいつだって酷い目に遭わされて、それでもどうすることもできないんだよ。そんな人がいなくなることはないんだよ。だからって強いやつらの真似をして、なんとか強いやつらの側になって、そういう方法で弱くなくなればいいの？　そういうことなの？　違うでしょ？　これは試練なんだよ。これを乗り越えることが大事なんだよ。（後略）」


斜視を治療することは、百瀬や二ノ宮らの価値観に迎合することなのだ。それは結局他者の人間性を平気で踏みにじるような行動をする彼らの行動基準に同調することだと語る。

「僕」がコジマに斜視の治療の可能性について語った段階で、「僕」はコジマの指摘するように二ノ宮や百瀬のような「強者」の立場ににじり寄ろうとしていたと言える。

実際斜視を直すことで本当にいじめが止むならば、そのようにすべきだと通常は考えるだろう。ちょうどこの時の「僕」は、不条理としか言えない形で災厄に次ぐ災厄を経験していたヨブの前に彼の友人が現れた時の状態に似ている。すなわち、自分自身は神に罪するようなことをした記憶がなくともどこかで神の怒りに触れるようなことをしたのだから、とりあえず神に謝罪して許しを請うべきだという友の「忠言」に接した時と似たような状況にあるのだ。

ふたたび『ヨブ記』へ

先述したように、ヨブはこの「友人」の「忠言」を拒絶した。それによりヨブは自身の不幸と信仰とを切り離すことに成功した。そしてそのことでヨブにとって信仰は、現世的禍福とは無縁のものであり、それは無前提に善きこととされたと述べた。

信仰という面で見ればヨブの行いの意味はここで明らかにされた。だがまた、ヨブにとって種々の災いを経験することは単に信仰を無前提に善きこととするだけでは終わる問題ではなかった。事実『ヨブ記』においては、ヨブの「友人」の「忠言」を退けた後もまだ話は続くからだ。

ならば『ヨブ記』というのは一体何であるのか。第3節で提起したこの問いについていよいよ考察せねばならない。その問いに対する答えは、同時にコジマが「僕」に斜視のままでいることを求めた意味について考えることで得られるはずだ。たしかに、コジマが言うように斜視を直すことは二ノ宮や百瀬の価値観に同調することになるだろう。しかしまたそれではなぜ彼だけが斜視というハンディキャップを負い続けなければならないのか、なぜいじめられ続けるのか、という問いは解消されることはない。百瀬の主張は、一見ニーチェの超人思想のような装いでありながら、実はニーチェが忌避し共同体的発想を内に秘めたものであった。だからこそ、コジマは、斜視の治療を二ノ宮や百瀬に同調することとして批判的に語った。しかしそれを拒絶することは同時に、すべてを失ったヨブのように弱者が弱者の立場に止まることを意味することにはならないか。

そこで浮上するのが、なぜヨブはヨブで、コジマはコジマで、そして「僕」は「僕」で、斜視の「僕」は斜視であらねばならないのか、という問いである。

11　コジマの答え(1)——赤面と無力さ

「僕」が斜視であることの意味について、その答えが提示されるのは、この『ヘヴン』という小説のクライマックスであり、最も心揺さぶるシーンである、雨の公園での二ノ宮や百瀬らのグループとコジマと「僕」とが対峙する箇所だ。

「僕」はコジマに斜視の治療の可能性に触れたところで実質的絶交宣言を受けてしまう。しかしある日公園で会いたいという、コジマからのメモをもらい出かけて行く。そこにはコジマもいたのだが、実はそれはコジマと「僕」を公園に呼び出すために二ノ宮らが仕掛けた罠だった。

二ノ宮らのグループは、コジマと「僕」を囲み、その場でセックスするように要求する。もちろん拒絶する「僕」の体を押さえつけ、ブリーフ一枚の格好にさせる。さらに二ノ宮はコジマの服まで「僕」

に脱がせるように要求する。そんな二ノ宮に対して「僕」は近くにあった石を握り締め、それで二ノ宮を殴打しようとする。そのときコジマは「僕」を見詰めた後、二ノ宮の方へ歩いていき、自ら衣服を脱ぎ捨て全裸になる。

全裸のままコジマは、二ノ宮に近づいていく。

コジマが全裸になる意味

ここでコジマが全裸になったことには二つの意味がある。

二ノ宮たちは、「僕」とコジマに彼らの目の前で全裸でセックスせよと命じた。そのような行為を彼らの意に反してさせることで彼らを辱めようと思ったからだ。

こうしたいじめにおいて重要なのは、いじめられる者がそれに抗うことである。服を脱がせようとしてそれに抗うことは、着衣の後ろにあるものが価値あるものであることを示すことになる。したがってその抗い方が激しいものであればあるほど、そこに隠されているものの価値がより高いということを間接的に示すことになる。その結果、抗う者から衣服をはぎ取ることが、より大きな喜びを衣服をはぎ取る者に与えることになる。

フェティシズムといじめ

これは先に挙げたフェティシストの行動に対応するものだ。フェティシストはフェティシズムの対象であるハイヒールや下着の先にあるもの、すわなちファルスを求めているのだが、あえて、それが存在すると考えられている場所の手前にあるハイヒールや下着を収集する。そうすることで、ファルスそのものの「顕現」を先延ばしにし、そうしてファルスへの欲望を維持しつつそれを昂進させていく。

このフェティシストの場合と同様に、いじめる者もいじめられる者が抵抗することを通じていじめること、換言すればファルスへの欲望を高めてゆく。したがってここで二ノ宮が「僕」やコジマにした「服を脱げ」あるいは「脱がせろ」という命令には同時に「服を脱いではならない」という反対の意味が込められていることになる。このようなフェティシストとしてのいじめる者に対抗する手段がコジマのとった行為の一つ目の意味である。「僕」は服を剝ぎ取られることに抗ったが、コジマは自らの進んで服を脱ぎ捨てて見せた。

コジマは右手で二ノ宮のほおをなでた。二ノ宮の身体がこわばるのが離れていてもわかった。コジマはほほえみながらその手をうえに持ちあげてゆっくり頭をなでた。二ノ宮は見たことのないような表情になり、みるみるほおが紅潮してゆくのがわかった。

なぜ二ノ宮は赤面したのか。このシーンはちょうど先に引用したアンテルムの『人類』の場面の陰画になっている。あの場面で赤面したのはSSに指名されこれから殺されることになるボローニャの大学生であった。しかし、ここで頰を紅潮させたのは、役割上はコジマたちをいたぶる点でSSの立場にある二ノ宮であった。

『人類』においてボローニャの大学生が赤面したのは自己の絶対的弱さに直面させられたからだった。

コジマにほおをなでられた二ノ宮が赤面したのは、全裸のコジマの姿を通して自分が最も見たくないと思っていたものを見せられたからだ。

強者という幻想が崩れる時

フェティシストはファルスを求める。しかしそのようなものは幻想に過ぎない。したがってブーツや下着の先にある現実の女性の身体すなわちファルスなどない女性の身体は実は見てはならないものであった。力の源泉と思われたファルスなど存在しないという現実を直視すること。それは自身の無力さに直面することでもある。二ノ宮たちが、コジマや「僕」をいじめ続けたのもこの弱さに直面しないためだった。弱い者をいいようにいじめることで、自身は決して弱者ではなくむしろ強者であると思い込みたかったのだ。だが、コジマは自ら進んで裸になることで二ノ宮たちがコジマや「僕」をいたぶることでかろうじて守ろうとした強者であるという幻想を破砕した。お前達もまたわたしたち、コジマと「僕」と同様に恥ずかしいくらい無力な存在にすぎないと示してみせたのだ。

そして、コジマが裸になってみせたことの二つ目の意味は、この自らの意志で裸になったということに関わる。それは主体的であること、人間にとって主体的であるとはいかなることか示すことにある。それは同時に、なぜ「私」なのかというヨブの問いへの答えにもなっている。

12　コジマの問い(2)――なぜ「私」なのか

人間にとって自由な主体とはどのようなものか。そうした問いへの答えとしてコジマが裸になることが実行されたのだが、それは同時に、フロイトのエディプス的主体形成への反論にもなっている。

『ヘヴン』と『掏摸』、『1Q84Ⅰ・Ⅱ』を隔てるもの

それはまた『ヘヴン』が発表された同じ二〇〇九年に日本で刊行された小説の中でも『ヘヴン』と並んで最も優れた文学的達成であった二つの小説に対する、『ヘヴン』の優位を示してもいる。

その二つの小説とは村上春樹の『1Q84Ⅰ・Ⅱ』であり、中村文則の『掏摸』である。この二つの小説に共通するのは、悪の権化とでもいうべき存在が登場している点だ。『1Q84』においてはオウム真理教の麻原彰晃を彷彿とさせる新興宗教の「リーダー」が登場し、『掏摸』では掏摸の「僕」をついには死へと追いやる「男」が登場している。

両者とも圧倒的な力により主人公を圧倒していく。とりわけ『掏摸』の「男」は「他人の人生を、机の上で規定していく。他人の上にそうやって君臨することは、神に似ていると思わんか。もし神がいるとしたら、この世界を最も味わってるのは神だ。」と述べている。

この『1Q84』と『掏摸』に登場する悪の権化ともいえる存在は、フロイトがエディプス・コンプレクスの理論の中心に据えた圧倒的力を持った「父」にきわめて似ている。

フロイトが定式化したエディプス・コンプレクスとは、母子一体の状態にある幼児がその状態を永続化させるために「父」を排除・殺戮しようとする欲望を持つことであった。しかし幼児にとって父はあまりに巨大であり、また去勢不安を与えられることにより「父」殺しを断念するに至る。だが単に断念するだけではない。その過程で子供は「父」の機能を自身の心的機制の中に超自我として取り込んでいる。この場合の「父」の機能とは単純化して言えば、社会生活を送る上で必要な道徳あるいは社会慣習のようなものである。母親と一体化した状態にあった幼児は欲望の即時の充足を求めていた。しかしそうした状態では社会生活・集団生活を送れない。そこで欲望の充足を先延ばししたり、あるいは断念したりすることを学習せねばならない。エディプス期を経た子供は、母子一体の状態から抜け出すが、それは超自我の確立を通じて社会化を果たすということでもあった。そのように社会に個人を馴化するシステムがエディプス・コンプレクスとも言えた。

エディプス・コンプレクスを人間を共同体へと馴致するためのシステムと捉えると、それ自体ニーチェが厳しく批判し続けたものであったと言える。また法とは、共同体内での人間関係を潤滑にするための規範と言えるが、いじめもまたそれが理不尽なものであっても、あるグループ内での人間関係維持のためのものであるという側面があることは否定できない。ノリでいじめが発生するとされるが、そのノリ自体がそのグループのいわば規範であり、いじめはそれから外れた者への制裁（サンクション）と解釈することもできるからだ。

「トーテムとタブー」

フロイトはこのエディプス・コンプレクスの理論を単に個人の内面の葛藤というだけでなく、歴史的事件として捉えようとした。「トーテムとタブー」という論文において、フロイトはインセスト・タブーすなわち近親相姦禁忌の成立を法の根源と捉えているが、このインセスト・タブーの成立をエディプス・コンプレクスの理論の延長上で位置づけた。フロイトの「トーテムとタブー」の概要は以下のようなものだ。

絶対的権力を持ちあらゆる女を所有していた原父に対して、息子たちが協力して反旗を翻す。こうして息子たちは原父殺しを成し遂げるがその後、女をめぐる争いが息子たちの間で発生する。そこでどの息子も最も望む女、すなわち母だけは我がものにしてはいけないというタブーを作り、争いに終止符を打つ。同時に息子たちの心の中に父への愛慕の念が甦り、このインセスト・タブーを父が生きていた時よりもはるかに積極的に守ろうとするようになる。フロイトは、このような理論をフレイザーやモーガンといった当時の民俗学者、宗教学者の論を援用して論証しようとした。

この理論から見えてくるのは、フロイトのエディプス・コンプレクスにおける「父」というものが現実の生物学的「父」ではなく、象徴的な権力のようなものであるということだ。そしてそれがあらゆる女を所有した原父であるというのは、「父」は神のような絶対的存在だということを示唆している。その意味でフロイトのこの論文は宗教の発生を扱ったものとも言える。

こうした超越的存在が法の起源にあるいは社会の根源に位置するという考え方は、われわれが生きている世界を把握するうえで都合がいい。というのは、一見不合理に見える出来事も超越的存在によって決定されていると見なすことが出来るからだ。

超越的存在の失墜と現代

ポストモダニズムあるいは冷戦構造の終焉以降、大文字の物語が失墜したとされる現在においてこのような超越的存在を描くこと自体どこか笑劇めいている。『１Ｑ８４Ⅰ・Ⅱ』に登場し青豆によって殺害される、麻原彰晃を彷彿とさせる「リーダー」はどこか滑稽だ。また『掏摸』の「男」の力が絶大であればあるほどそれは恐怖感よりもおかしみを醸し出してしまう。しかし、そうした絶対的存在への需要はことのほか大きい。

たとえば、レヴィナスに依拠しつつ、独自の教育論を展開する内田樹の場合がそうだ。内田は『「おじさん」的思考』での夏目漱石を論じた章で能楽の『張良』を取り上げ、師弟関係が成立するには、弟子から見れば師は全て知った存在と見なされなければならないと指摘している。つまり弟子にとって師は絶対的存在であり、そう見なされなければそもそも教育は成立しないというのだ。実際教育において教師の言うことを生徒が疑念を持って聞いていたら十分な教育効果は期待できない。したがって、師は全てを知っておりその教えは無前提に正しいのだという物語を受け入れる必要があるという内田の指摘は間違いでない。

しかし、弟子が師に帰依することは必要だとしてもそれが絶対的なものならば、師弟関係は宗教と選ぶところがなくなってしまう。弟子は師に臣従しつつも、その主体性がいかにして確保されるのか、が問題である。

師からの自由

超越的存在が登場した『1Q84』と『掏摸』は、この超越者に対した時の二つの対応のパターンを描いている。『1Q84』では超越的存在は殺され、『掏摸』においてそれは殺されることがないものの、決して『掏摸』の「僕」はそれから自由になることが出来なかった。しかし、フロイトが「トーテムとタブー」で描いたのは、「父」を殺害しようとしなかろうと結果は同じということであった。原父殺しを実現した息子たちはしかし原父が生きていた頃以上にインセストの禁止という父の課した掟を忠実に守るようになっていた。反対に父殺しを断念し、エディプス期を経たその末裔たちであるわれわれは、やはり「父」の課した掟を内在化させていた。『1Q84』と『掏摸』とは、「原父」になぞらえられるような人物を登場させた点で実は同じ問題を異なる方向から描いていたことになる。[1] 結局人は、そのような超越的存在によって設えられた世界から外に出ることはできない、ということだ。

ニーチェが抵抗したのはそのような閉鎖空間であった。だが、そのためにとった方法が永井均の言うように「私」の道徳を他の人間には理解不可能なまでに特殊化することならば、それもまた無意味であろう。どれほど個人的な道徳を作り上げようとそれを言語を通して語った途端、その道徳が一般にはいかに理解困難に見えても、言語である以上最低限の共同性は維持されることになる。仮に完全に一般的性格を奪い取った道徳が成立したとしたらそれは言語でなく叫びや呻きのようなものになるだろう。

したがって重要なのは、一般的道徳規範に対して特殊な個人的道徳を打ち立てることではない。そこで浮上するのが、ニーチェが批判したカントの倫理である。

ジュパンチッチ『リアルの倫理――カントとラカン』

ジュパンチッチは、カントにおける自由とは、「何であれ、したいことをする」自由や自由を心の傾向性に還元する「心理的自由」とは異なるものだとする。それは、人間が抱く根源的罪悪感との関わりで生じるものなのだ。

人は、必然的な出来事の推移の結果、つまりそうするより仕方なかった状況でなした悪事に対しても罪悪感を持つ。

　自分が「必然的なことの成り行きに流されている」ことを意識した時こそ、主体は自分が自由であることを知るのである。　（アレンカ・ジュパンチッチ／冨樫剛訳『リアルの倫理――カントとラカン』）

ここで再度論じねばならないのは、ヨブである。

ヨブは、三人の友人の「忠言」を退けた後、ついに神と直接対面する。神は、ヨブに対して「わたしが地の基をすえた時、どこにいたか」と問う。

これについて哲学者の田島正樹は、内田樹の論を援用し、この神の問いは人間が世界の生成に遅れて参入するものであることをヨブに指摘するものであり、それゆえ人間は有責なのだとする（『神学・政治論――政治哲学としての倫理学』）。この指摘を私なりに換言すると以下のようになる。

人は親から生まれる以上、すでに出来あがった世界に後から加わるものである。さらにわれわれは母親の話す言葉を聞いて言語世界に参入する。人間はこの遅れを生の本質的条件としている。神がヨブに対してまず指摘した世界そして言語世界に遅れて参入するということはこうしたことを指している。ジュパンチッチの必然性と罪責感についての指摘は、このことに由来すると考えてよいだろう。ヨブを襲った様々な災厄に対してヨブは何をすることも出来なかった。そのように世界が推移するようになっていたとしか言えない。にもかかわらず、その起きた事柄に対してヨブは責任を負わねばならない。なぜか。起きた事柄に対して何もなすことが出来なかったからだ。ヨブは無力であるからだ。
しかしまた、ヨブは単に無力な存在なのではない。

ヨブにおける自由の獲得

ヨブの位置の反転は自身をそのようなものとして規定した時に発生する。それがジュパンチッチがカントに依拠しつつ、必然性の中に身を置いたとき自由が獲得されるということに繋がっていく。ならば、その自由はいかにして発生するのか。

神との対話においてヨブが、最後に神に告げたことについて田島正樹はこう語っている。

ヨブは、最終的に彼に対して語られた神の言葉の趣旨を要約して、「聴け、私がお前に問いかけるのだ。答えるのはお前だ」(『ヨブ記』四二章四節)と理解している。これこそ、「ヨブがなぜ選ばれたのか」という同じ問いが、ヨブから神になされるべきものではなく、神からヨブに対して為されたものだということを、ヨブ自身が悟る瞬間を示しているのではなかろうか?(中略)神はヨブの苦悩の意味を教える事によって、ヨブに満足を与えたのではない。「なにゆえこ、、のヨブが?」と、神の方が問い返すのである。そして、全く同じこの言葉によって、ただ「問うているのは私だ。答えるのはお前だ。」と神はヨブに示した。「何ゆえ、お前が呼び出されたと思うのか？　お前こそ俺に答えるのだ。」

神がヨブを支えるではなく、ヨブが神を支えるために呼び出されたのだということ。これは信仰が一種の転移であるならば、それが解けることではないだろうか？　なぜなら、神がヨブに問いかけている以上、神には、ヨブの自由な答えが何であるのか知り得ない、ということを意味しているからである。（前掲書）（傍点原文）

神がヨブの答えを知らないと、田島は言う。これはどういうことだろうか。

全知全能の神に知らないことがあるということ自体、矛盾ではないか。田島は、神はヨブの答えを知らないというが、神に対するヨブの優位とは別のところにあるのではないか。問題は神が全知全能であることに内在しているのではないか。

神が全知全能であることには、パラドックスがある。すべてを知っているというなら、知らないということも神は知っているのかということになる。もしそうなら、神は無知であった、一瞬であっても神は無知な状態にあったということになる。とすれば、神は全知でないということになる。反対に、全知だから、無知ではないとすると、やはり神にも知らないことがあるということになってしまう。

これは水かけ論だ。つまり答えはない。だが、こうした水かけ論こそカントが提示したアンチノミー（二律背反）である。このアンチノミーの提示を通じて、カントは神の問題を自身の哲学から排除するに至った。しかし、またそれは信仰そのものを否定することではない。それは、信仰とわれわれがこの世界で生きることを切り離すことである。

重要なのは、人間は結局無知だということである。それこそ人間の特権であるとも言える。だが、それは決して人間をその罪から免責するものではない。

オイディプスの不幸と自由

これはオイディプスを例にとれば分かりやすい。オイディプスは、養父であるコリント王ポリュボスとメロペを実の父母と思っている。だから、デルポイの神託で与えられた「父を殺し、母を娶る」という予言を実現させないために、コリントを去りわれ知らずテーベに向かってしまう。その結果彼は実父のテーベ王ライオスを殺し実母のイオカステと結婚してしまう。自分の実父母が誰かを知ったオイディプスはそこで自身の免責を求めただろうか。彼は自身の行いを罪と認め、自身の目を母にして妻のイオカステの髪留めで突きテーベからの追放を自ら選ぶ。

オイディプス自身は、運命に知らず導かれていたにもかかわらず、自身の行為を罪とした。神の目から見れば、オイディプスの行動は予定通りに遂行されたものであろう。だが、オイディプス自身はそのつど最良と思われる行動を選択していたはずだ。神が決めた道を歩いていたのかもしれないが、ことあるごとに自由意志に基づき決断したと考えたからこそ、自身を有責としたのだ。オイディプスは、自らを有責とすることで、神に定められていたと見えた人生を自身のものとして、己の固有の人生として、自らの手に奪還できた。

ヨブもまた同様である。ヨブを見舞った禍福は神が定めたことであり、彼にはどうすることも出来ないことである。なぜ「私」がこんな目に逢わねばならないのか。それはヨブはヨブ以外であり得ないからだ。己に起きたことを起きたこととして認めること、それは神の定めに従って発生したことであるにもかかわらず自身の選択で起きたこととして認めることである。有責であることと「私」が「私」であることは不可分に結び付いている。

コジマの行為の意味

コジマの行為もこのような視点から読み解く必要がある。

コジマは、二ノ宮や百瀬らの言いなりになっていじめられていた。そこに彼女の主体性は見出せない。しかし、あの公園の場面で、脱がせろという彼らの命令に対して、コジマはあえて自ら服を脱ぎ裸体になることで、これまで受動的にいじめられるがままになっていたあり方を反転させ、それを自身の決意において選んだものとしたのだ。

不潔であること、斜視であることがいじめの理由ではなく、ノリによってたまたまいじめの対象になっているにしか過ぎないとしても、そしてそのいじめが理不尽な、人の尊厳を絶望的に貶めるものであったとしても、不正や不条理が当然のごとく発生する世界であっても、そしてそのような世界に自身が生まれたことに責任がないとしても、これが私の生きている世界、生まれた世界なのだ、どんなに苦痛に満ち、汚辱にまみれたものであったも、そこに生きているのは、他ならぬこの「私」なのだ、それらすべてをひっくるめて起きたこと、起きつつあることを肯定したということを、微笑みをもって自らの衣服を脱ぎ棄て全裸になったコジマの行為は示していた。

それは、またそれを目にした「僕」にも救済と解放をもたらすものであった。神の定めた宿命に抗おうとして結局予言通りに父を殺しインセストを犯してしまったオイディプスが示していたのは、お前がどこに行こうとお前がオイディプスであることからは逃れることができなかったということである。そして自身がオイディプスであることを認めたとき、そこから初めてオイディプスの遍歴が始まった。それと同じように、「僕」は「僕」であらざるを得ないことを認めたとき、もう彼が斜視であることは二次的な問題となる。斜視であってもなくても「僕」はやはり「僕」なのだ。

ならば、『ヘヴン』の結末における「僕」の斜視の治療は、何を意味するのか。

斜視の治療の意味

これはニーチェの提示した「傴僂の人間よりその傴僂を取り去るは、彼の精神を奪い去るに等しい」という見解に対する一つの答えだと言える。

「傴僂」から「傴僂」を除去するのは、「傴僂」でない多数者に少数者を併呑しようとする共同体の論理を示す。それをニーチェ、そしてコジマは批判した。ならば、「傴僂」は自身の精神を守るために「傴僂」であり続けねばならないのか。そうではあるまい。

問題は、「私」が「私」であることの根拠を、ある属性に求めようとする発想だ。たしかに「僕」にとって斜視はその特質の一つだ。しかし決して斜視であることが「僕」が「僕」であることの根拠ではない。斜視だろうがそうでなかろうが「僕」は「僕」でしかあり得ない。しかしそれを認めずに斜視から逃れようとすることは、「僕」が「僕」でしかないという人間の被拘束性、人間の無力さからの逃走を意味していた。

しかし、雨の公園でのコジマの自己犠牲的行動から自身の弱さに直面しそれを受け入れた時、つまり「僕」はどこにいようと「僕」でしかないということを引き受けた時、「僕」はすでに斜視であることに「精神」を求めるような発想からは解き放たれていた。

したがって「僕」の斜視の治療も、斜視から逃れようとする否定的体験でなく、斜視であるなしにかかわらず「僕」は「僕」でしかないことを認めたこと、その肯定性を表すものであった。斜視を治療した後「僕」が目にする光景の不吉なまでの美しさは、斜視でなくなった「僕」の視覚を表す以上にむしろある精神の囚われから解放されたことを表していた。それは、外地で死刑宣告を受けたBC級戦犯に日頃意識しなかったありふれた景色が驚くような輝きを帯びた光景に見えたという体験に対応するだろう。ある意識の囚われから解き放たれた者だけが目にすることの出来る特別な景色なのだ。

だがまた、この光景の美しさは決して無償のものでない。「僕」から、この光景の美しさを本当に伝えるべき人が奪われていた。この美しさは、BC級戦犯が死を代償に美しい光景を手にしたように、コジマという「たったひとりの」「大切な友達」の喪失によって購われたものであった。

13　宗教と文学

ふたたび、宗教と文学

なぜアウシュヴィッツのようなことが起きたのか。なぜいじめは存在するのか。なぜ、東日本大震災のような災害が発生するのか。それについて歴史的、社会学的あるいは科学的説明は可能だろう。だが、そうした説明は、アウシュヴィッツを経験した者、いじめを受けた者、津波で愛する者を失った人々に慰安をもたらすだろうか。事件の発生した原因やらその歴史的環境あるいは社会情勢についてそれらの説明はなんらかの知識をもたらしてくれるだろう。だが、それらの説明のどこにも、ではなぜ「私」なのかという問いに対する答えを見出すことはできないだろう。因果論的説明からは、つねになぜこの「私」か、という視点は欠落していく。世界のあり方、社会の仕組み、それらにどれほど通暁しようと、人は自分がこの世界に生まれ生きていることの意味を知ることは出来ない。そこに文学が登場する余地がある。

宗教の意義と文学の可能性

宗教の二つ目の意義、それは、人を宗教に依存するところから遠く解き放つことである。それが、覚醒という宗教の持つ二つ目の意味である。それは同時に優れた師弟関係のあり方を示している。偏見にとらわれ、迷妄に取り憑かれた状態から人を解放することが教育の意義だとしたなら、最後に「師」という迷妄から弟子は解き放たれねばならない。コジマが「僕」を解き放してくれたように。それが師の最後の役割だろう。優れた宗教にはそうした瞬間が内在されている。ここで私は前言を訂正せねばならない。優れた宗教には優れた師弟関係と同様の可能性があると。

文学は、虚構世界へと人を誘う。人はそこで、登場人物に同化し、それは一時過酷な現実を忘却させてもくれるだろう。しかし、優れた文学にはその先がある。それは人を虚構世界へと導きつつ、最後に人をそこから抜け出させ覚醒へと導いていく。なぜ、ヨブはあのような悲惨な体験をせねばならないのか、なぜオイディプスは予言の実現を阻めなかったのか、なぜコジマの父は貧困に沈み妻子とも別れねばならないのか、なぜコジマはいじめられ、なぜ「僕」は斜視であり、それによりいじめられねばならないのか。そうした問いに対する答えは、「私」は「私」でしかあり得ないからだというものであった。

「私」は「私」でしかあり得ない。これはトートロジーである。しかし、そこに到達するためには、長い遍歴が必要である。オイディプスが自己の運命を運命として引き受けるまでに、テーベからコリントを経てテーベに回帰するという旅が必要であったように。ヨブはヨブであり、オイディプスはオイディプスであり、コジマの父もコジマも「僕」もコジマの父であり、コジマであり、「僕」でしかあり得ない。そして津波によっても家族を亡くした者も、それ以外の者ではありえない。小説を読むという経験は、そのような遍歴を通じて自己に出会うことである。そのように出会われた自己は、社会科学的説明からは抜け落ちていくものである。そのような一般的説明からはこぼれ落ちていく「私」に小説を読むという遍歴の中で出会うことこそ、文学がもたらすものである。

『ヘヴン』はそのようにして書かれている。そして、震災によって、自身の小説観に衝撃を受けた川上未映子自身、その衝撃から回復する道も、震災発生以前に書かれた、自身の著作にすでに記されていたというべきだろう。

注

（1）『1Q84』において「リーダー」を殺したのが、青豆という女性であったのだから、いわゆる父殺しとは異なるという反論があるかもしれない。女性による原父殺しというのは重要であるが、ただ、原父を殺したものの性別の如何を問わず、このような主題設定自体に私は思考の硬直性を感じている。

（2）川上未映子が「天使的」とも言える無垢さでこうした描写を実現したことに賞賛を惜しまない。また漱石が絶賛した芥川龍之介の実質的デビュー作、異形の鼻を持った禅智内供の屈託を描いた「鼻」のシニシズムに比べると、斜視からの解放を描いた、川上の作品のラストの肯定性は驚くべきものだ。だが、この達成は、私には、『ヘヴン』発表後も自身はドストエフスキーを意識して書いているとは言っているものの、川上を文学という精神の斜視から、「傴僂」から解き放つのではないかと思われもした。

第4章　鎮魂の行方——宮沢賢治と妹トシの言葉

1　宮沢賢治と震災

東日本大震災による死者は一万五〇〇〇人を超え、行方不明者も未だいまだ二千人をはるかに超えたままである。現在でも、行方不明になった家族の捜索を続ける人もいるという。

震災後の八年という歳月は、その間に亡くなった方も含め、被災者に大きな変化をもたらしたに違いない。いや、八年経過しても、いまだに癒やされぬ思いを抱き続けている方もいることだろう。

宮沢賢治が経験した震災

宮沢賢治が生まれた明治二九（一八九六）年は、三陸大地震が発生した年である。この時も巨大津波の発生によって、三陸海岸を中心に二万七〇〇〇人を超える犠牲者が出た（『明治・大正家庭史年表』河出書房新社）。賢治の生まれた岩手県でも、死者の数は一万八〇〇〇人を超えている（『岩手県の歴史』山川出版社）。また、賢治が亡くなった昭和八（一九三三）年にも、地震が発生、その後の津波により、三〇〇〇人を超える死者が出た。岩手県だけでも二五〇〇人を超える死者・行方不明者が出ている。賢治の人生は、地震と津波に縁取られていることになる。

賢治の生家は内陸の花巻にあったから、身内に津波による犠牲者はなかった。だが、賢治が二六歳のとき、最愛の妹トシを二四歳で亡くしている。その経験は、教科書にも採られ、賢治作品中最も人口に膾炙した作品の一つである「永訣の朝」等を通じて幅広く知られている。トシの死因は、結核である。賢治もまたこの宿痾によって三七歳で生涯を閉じることになるが、多くの場合結核は、その進行が比較的ゆっくりである。賢治に関して、結核の最初の徴候は、一八歳の時に現れたと考えられる。ほぼ二〇年かけて賢治の体を徐々に蝕んでいった。トシの場合は、大正七(一九一八)年の暮れ、スペイン風邪で入院した際に罹患していたのではないかと考えられる。賢治が東京に出奔中にトシが倒れたという知らせで帰郷した大正一〇(一九二一)年九月から、亡くなる翌大正一一(一九二二)年一一月まで、トシは病臥のまま過ごすことになる。

賢治にとってのトシの死

震災で愛する者を突然亡くした人々と賢治は、違う。当時特効薬のストレプトマイシンが発見されておらず、根本的治療方法のない死病であった結核にかかった場合、遠からぬ将来トシとの別れが来ることを賢治は当然意識していた。したがって、賢治にとってトシの死の衝撃は、津波等で家族を失った人々とは違うだろう。しかし、予期されたものであっても、やはり賢治にとって、実際のトシの死の衝撃は大きなものであった。

賢治は、トシの死にいかに備え、そしてその死とどのように向き合っていったのか。

この章では、突然の死と異なるとはいえ、愛する者の死と賢治がいかにして向き合ったかと検討し、鎮魂のあり方を考察していく。それはまた、震災で愛する者を亡くした方々の死との向き合い方にも、なにがしかの手がかりになるのではないかと信じるからである。

2　挽歌「永訣の朝」における方言をめぐって

トシの命日である一九二二年一一月二七日の日付を持つ「永訣の朝」は、死の床にあるトシと賢治のとのやりとりを中心に描いている。この作品が心打つ詩であるのは、一つには瀕死の妹トシの言葉が方言で記されたことにある。

なぜ賢治はトシに方言で話しかけなかったのか

この「永訣の朝」における方言について山折哲雄は、『悲しみの精神史』においてこう指摘する。

> 賢治はなぜ岩手弁で語りかけなかったのか。せっかくとし子の悲しみの声を岩手弁のなかにとらえることができたのに、どうして自分の悲しみを標準語などで説明しようとしたのだろうか。近代詩の形式がかれの心の自在な動きを抑制していたのかもしれない。おそらくそのためであろう。賢治のやせ細った標準語の破片が、とし子の情感あふれる岩手弁にすがりつこうとしている転倒の光景がそこにあらわれた。その結果、ここでもとし子の声をカッコのなかに封じこめてしまっている。そしてそ

のとき、賢治の心は挽歌の原郷、悲傷の泉からかぎりなく引き離されていたのではないだろうか。（傍点山折）

山折は、賢治が自身の言葉を方言で記そうとしなかったことで、挽歌であるはずの「永訣の朝」が、この詩の源泉である、最愛の妹の死を哀惜するという情動性から隔絶されてしまったという。裏を返せば、もし賢治が自身の言葉まで方言で書いていたなら、より衝迫力のある優れた詩になっていたということになる。

たしかに、詩の表現力という観点から見れば、山折の指摘にも首肯できる点がある。しかし、それはあくまでも方言の価値を見直したり、地域と文学の結び付きを重視するといった現在の文学あるいは言語状況を基準とした批評的指摘であろう。この詩が書かれた一九二〇年代の文学状況あるいは日本語をめぐる言説を見れば、むしろ山折がこの詩に投げかけた問いは、反転されるべきだろう。

なぜ賢治はトシの言葉を方言で記したのか。

賢治作品と方言

いや、賢治が、方言を使った作品は「永訣の朝」だけでない。詩では二一作、童話で二九作、劇二作において方言が使われている。散文作品一五四作中の約二〇％で方言を使ったことになる（岩田安正・高橋輝夫・八重樫新治「方言資料収集の現在」『宮澤賢治イーハトヴ学事典』）。賢治の多くの作品は生前未発表であった。したがって、もし発表する機会があったなら、方言の箇所をそのまま活字化したかは分からない。そこで生前単行本化された詩集、童話集に限ると、『春と修羅』第一集六九作中一二作、比率にして約一七％、『注文の多い料理店』では、九作中四作、半分近くの作品で方言が使用されていた。

標準語が制定され、その全国レヴェルでの普及が目指されていた当時の日本において、この比率は、決して小さなものとは言えないだろう。

標準語の普及が目指されるなか、賢治は、その時代の流れに抗するように方言を使った作品を制作した。それは、なぜか。

3　標準語制定と賢治の方言観

賢治が『春と修羅』や『注文の多い料理店』を世に問うた一九二〇年代の日本語をめぐる状況は如何なるものであったのか。これについては拙著（『宮沢賢治』）で述べたが、簡単に触れておく。

上田万年と標準語政策

上田万年により、「東京ノ中流社会」の言葉をもとにして造られた標準語が、小学校の国語教科書の言語として採用され、それが国定化されたのは、宮沢賢治が小学校に入学した一九〇四年頃であった。この教科書の導入を機に、日本の小学校での標準語による教育が推し進められた。当時義務教育であった小学校内で方言を使うと方言札を首から掛けさせられるという罰が実施された。人権無視ともいえるこの罰が猖獗を極めたのは、沖縄であった。東北でもこの方言札による罰が実施されたと言われる。賢治の通った花城小学校でも方言札による罰が実施されたかは不明だが、こうした標準語政策により、標準語こそ「正しい日本語」であり、方言は劣った言葉だという意識が植え付けられていった。

方言への羞恥

賢治の甥にあたる宮沢淳郎は、賢治が大正一〇（一九二一）年に国柱会の布教活動に従事するため東京に出奔、国柱会支部で賢治に応対した高知尾智耀から法華文学の制作を進められたことに対して、賢治の東北弁による布教活動の不首尾を危惧し、文筆なら訛りに関係が無いからだと推測している（『伯父は賢治』）。こうした推測の傍証として、佐藤竜一は、大正一〇（一九二一）年の賢治の東京出奔時の経験を元にして書かれたと思われる「革トランク」という作品を挙げている。この作品の主人公斉藤平太は、故郷での仕事に嫌気が差し東京に出奔するが、東京では仕事がなかなか見つからない。「語がはっきりしないのでどこの家でも工場でも頭ごなしに追ひました」という。言語の不明瞭さが東京における職探しが困難であることの原因とされたのだ。「革トランク」における訛りについてのこうした記述は、賢治が東京で方言によって屈辱的体験をしたことの反映だと佐藤は推測する（『世界の作家宮沢賢治　エスペラントとイーハトーブ』）。

宮沢淳郎や佐藤竜一の指摘したように、多くの東北出身者を苦しめた、方言への劣等感が賢治の中にあったことは間違いなかろう。

しかし、賢治にとって、方言が単に矯正されるべき、恥ずべき言葉として認識されていたなら、『注文の多い料理店』九作中四作、詩集『春と修羅』第一集の六九作中一二作もの作品で方言を使用することはなかったはずだ。

標準語と方言を使い分けた賢治

ならば、賢治はどのような意図で童話や詩において方言を使ったのか。その意図を推測可能なエピソードがある。

賢治の稗貫（花巻）農学校での同僚の堀籠文之進は賢治の方言と標準語の区別について「宮沢さんは、なかなか人気があったもので、宮沢さんの講演は、方言ではなくて標準語でやりましたが、ときどき、ゼヒ覚えてもらいたい大事なところなどは、わかりやすく方言を使いました」（森荘已池『宮沢賢治の肖像』）と語っている。また堀籠は、授業以外で、生徒に個人的に話しかける時には方言を使ったと指摘している。

賢治が教室や講演会において標準語で話したのは、明治維新以降の学校における標準語化政策の「賜物」とも言えるが、講演や授業での肝心な箇所あるいはプライヴェートな会話において花巻言葉で話したことに注目すべきだ。

賢治が方言と標準語を使い分けたのは、花巻の農民や農学校の生徒達に話す際、方言の方が標準語よりも自身の考えや気分をよりよく伝えられると思われたからだろう。つまり賢治が方言を使用したのは、コミュニケーション上の効果を意識してのことだと考えられる。とすれば、童話や詩における方言の使用も一つには表現効果を意識してのことだと推測出来る。

方言の表現効果については、次節の雑誌『赤い鳥』との関係で再度論じるが、ならば賢治はもう一方の標準語をどのように見なしていたかも問わねばならない。

4　動物や霊魂は、何語で語るのか——賢治と標準語

賢治の標準語観を窺わせる作品に、「ひかりの素足」と「なめとこ山の熊」がある。この二作において賢治は、方言と標準語を興味深い形で使い分けている。

「ひかりの素足」における方言と標準語

「ひかりの素足」は賢治の散文作品でも最も早い時期に書かれたと考えられる作品であり、その後の創作である「青森挽歌」や「銀河鉄道の夜」に使われる表現の原型ともなった重要な作品である。二人の兄弟が雪山で遭難する。遭難した一郎と楢夫は、中有に迷い、賽の河原と思われる場所で鬼に追われる。そこで阿弥陀如来と思われる光る素足の人に出会い、兄の一郎は此岸への帰還を許され、弟の楢夫は彼岸へと旅立っていくという悲劇的内容の作品である。

注目すべきは、一郎と楢夫の話す言葉が、遭難前と中有に迷ったつまり仮死状態にある遭難後と違っていることだ。

「路まちがった。戻らなぃばわがなぃ。」

一郎は云っていきなり楢夫の手をとって走り出さうとしましたがもうたゞの一足ですぐ雪の中に倒れ

てしまひました。

　楢夫はひどく泣きだしました。

「泣ぐな。雪はれるうぢ此処に居るべし泣ぐな。」一郎はしっかりと楢夫を抱いて岩の下に立って云ひました。

風がもうまるできちがひのやうに吹いて来ました。いきもつけず二人はどんどん雪をかぶりました。

「わがないよ。わがないよ。」楢夫が泣いて云ひました。（傍点、引用者）

現世において一郎と楢夫は、方言で話している。他方、中有における一郎と楢夫の会話はこうなる。

「楢夫、僕たちどこへ来たらうね。」一郎はまるで夢の中のやうに泣いて楢夫の頭をなでてやりながら云ひました。その声も自分が云ってゐるのか誰かの声を夢で聞いてゐるのかわからないやうでした。

「死んだんだ。」と楢夫は云ってまたはげしく泣きました。

　一郎は楢夫の足を見ました。やっぱりはだしでひどく傷がついて居りました。

「泣かなくってもいいんだよ。」一郎は云ひながらあたりを見ました。ずうっと向ふにぼんやりした白びかりが見えるばかりしいんとしてなんにも聞えませんでした。

「あすこの明るいところまで行って見やう。きっとうちがあるから、お前あるけるかい。」

　一郎が云ひました。

「うん。おっかさんがそこに居るだらうか。」（傍点、引用者）

現世において方言で話していた一郎と楢夫は、賽の河原では標準語で話している。

次に「なめとこ山の熊」を見てみよう。熊捕名人の淵沢小十郎と熊との命がけの交流を描いたこの作品でも方言と標準語は使い分けられている。

「なめとこ山の熊」における方言と標準語

まず、小十郎が捕獲した熊の皮と胃を売るために街の荒物屋を訪れる場面である。

「旦那さん、先ころはどうもありがたうごあんした。」

あの山では主のやうな小十郎は毛皮〔の〕荷物を横におろして叮ねいに敷板に手をついて云ふのだった。

「はあ、どうも、今日は何のご用です。」

「熊の皮また少し持って来たます。」

「熊の皮か。この前のもまだあのまゝしまってあるし今日ぁまんついゝます。」

「旦那さん、さう云はないでどうか買って呉んなさい。安くてもいゝます。」(傍点、引用者)

小十郎と荒物屋の主人との会話は、方言で行われている。

他方、小十郎は、自身の狩猟の対象である熊の言葉を理解できる。あまつさえ、小十郎は熊との意思の疎通も可能なのだ。次は、小十郎が熊と言葉を交わす場面である。

小十郎は油断なく銃を構へて打つばかりにして近寄って行ったら熊は両手をあげて叫んだ。

「おまへは何がほしくておれを殺すんだ。」

「ああ、おれはお前の毛皮と、胆のほかにはなんにもいらない。それも町へ持って行ってひどく高く売れると云ふのではないしほんたうに気の毒だけれどもやっぱり仕方ない。けれどもお前に今ごろそんなことを云はれるともうおれなどは何か栗かしだのみでも食ってゐてそれで死ぬならおれも死んでもいいやうな気がするよ。」（傍点、引用者）

熊と小十郎の両者は、ここでも標準語で意思疎通している。

方言と標準語の使い分け

一郎と楢夫そして小十郎たちが現実の世界において会話する際に使われたのは方言であった。対して、仮死状態で魂があくがれ出で賽の河原に彷徨う一郎たちの言葉、そして一種のテレパシーで会話する小十郎と熊の言葉が、ともに標準語であることに注目すべきだ。

音声という物資的基盤、身体性を喪失したところでなされる登場人物ないしは異類間での対話が標準語でなされているということは、標準語の方が、方言よりも汎用性が高いと見なされていたということである。こうした標準語の使用は、世界共通語としての英語のようなものと言えよう。英語がイギリス人やアメリカ人等の母語でありつつ、外国人同士の意思疎通の手段となる世界共通語として使われるように、「なめとこ山の熊」や「ひかりの素足」における標準語は、人間の言葉でありながら、動物や霊魂が意思疎通を図る手段として使われている。このように標準語は、より汎用性の高い言語として使われている。

「ひかりの素足」や「なめとこ山の熊」といった作品が示唆するのは、賢治が標準語を方言と比較して、より汎用性の高い言語と見なしていたということである[1]。

賢治が言語をその汎用性という観点から見ていたのは、自身の作品をより多くの人に読んでほしいと思ったからだろう。大正一〇(一九二一)年東京出奔時に同じ印刷所で働いていた鈴木東民に賢治が語ったとされる言葉がそれを裏付けている。自身の童話について「これが出版されたら、いまの日本の文壇を驚嘆させるに十分」だと語っていた(『宮沢賢治研究資料集成』第一一巻)。賢治は自身の作品が話題となり、多くの読者を獲得できると考えていたのだ。

言語をその汎用性、理解・流通範囲の広狭という観点から賢治が見ていたことは、賢治のエスペラント習得の意図からも裏付けられる。

エスペラント習得の意図

大正一五(一九二六)年一二月[2]の上京の際、賢治は、フィンランド公使でありエスペランティストとしても名高いラムステッドの講演を聞いている。そのことに言及した、父政次郎宛ての手紙で、賢治はラムステッドについて「この人は名高い博言博士で十箇国の言語を自由に話す人なので私は実に天の助けを得たつもり、早速出掛けて行って農村の問題特にも方言を如何にするかの問題などを尋ねましたら、向ふも椅子から立っていろいろ話して呉れました。やっぱり著述はエスペラントによるのが一番だとも云」ったと書いている。つまり、賢治にとってエスペラントは、より多くの人に自身の作品を読んでもらう手段として意識されていたということである。賢治は、自身の作品の、より多数の読者を獲得するために、言語を汎用性、一般性という観点から見ていたということだ。

とすれば、作品における方言の使用は、広範な読者獲得上で阻害要因になるはずだ。にもかかわらず、賢治は方言を作品に使用した。

改めて、ここで賢治の方言使用の意味を問わねばならない。

5　『赤い鳥』と方言

これまで賢治作品における方言使用の問題は、雑誌『赤い鳥』との関係で問われてきた。

雑誌『赤い鳥』と賢治

人見千佐子は、森荘已池の回想（森荘已池「『注文の多い料理店』」・続橋達雄編『「注文の多い料理店」研究1』所収）や多田幸正の指摘に基づき（『賢治童話の方法』）、賢治が『赤い鳥』を主宰した鈴木三重吉に三度自身の童話を見せる機会があったと指摘している（『リアルなイーハトーヴ――宮沢賢治が求めた空間』）。一度目は、賢治が東京に出奔した大正一〇（一九二一）年の七月。これは森荘已池の指摘によるもので、賢治がトランクに入れた大量の童話を直接持ち込んだとされる。二度目は、賢治が『注文の多い料理店』を刊行した大正一三（一九二四）年。今回は、『注文の多い料理店』の挿画・装丁を担当した菊池武雄が賢治の「タネリはたしかにいちにち嚙んでゐたやうだった」を三重吉のところに送ったとされる。人見は、単に菊池が送ったと記しているのみだが、森荘已池は三重吉からの童話創作の依頼に基づき賢治が同童話を送ったとしている。三度目が、菊池武雄と懇意の深沢省三の夫人深沢紅子が賢治の童話を三重吉の所に持っていった時であるとする。[3]

結局三度とも賢治の作品は『赤い鳥』に掲載されなかったのだが、ここで注目したいのは、三度目と考えられる際の三重吉が賢治の作品を受け入れなかった理由である。[4]

『赤い鳥』に不採用になった理由

多田幸正は、この深沢紅子が持ってきた賢治の童話を鈴木三重吉は「おもしろい」と認めつつも、「方言が多すぎる」という理由で不採用になったと指摘している。

方言が不採用の原因だとする、この多田の指摘を、人見もまた賢治の作品が『赤い鳥』に掲載されなかった理由の一つとして挙げている。[5] 佐藤竜一も、深沢紅子の回想に基づき、賢治作品で使用されている方言が『赤い鳥』に合わなかったとし、「三重吉は当時の国の政策に乗り、正しい「標準語」を『赤い鳥』を通して普及させようと思ってい」たと述べ、この経験が賢治をエスペラントへと導いた要因であり、その意図は「地域性の排除」にあったと指摘している（佐藤・前掲書）。

こうした多田らの指摘は、大藤幹夫が賢治と三重吉、特に『赤い鳥』との関係を確認するために、深沢家を訪問し、深沢紅子および深沢省三に直接話を聞いたという記述に基づくものである。大藤が、深沢家訪問によって得た証言は以下のようなものである（『日本児童文学史論』）。

深沢のことばによれば少なくとも二度賢治は童話原稿を送ってきている。題名の記憶はないが、三重吉は「モンゴルやトルコのことばも知っているんだね」と感心した、という。菊池ともども「話がおもしろい」と認めていたが、標準語至上主義の三重吉は「方言が多すぎる」という理由から採用しなかった。文壇作家や依頼原稿を読み続けていた三重吉にとって賢治の童話は大変新鮮なものとうつったらしい。「若い人であれぐらい書ける人はいない」とほめたという。

又、同席した深沢省三の話だと、夜の十時半頃、三重吉から電話があって、出かけるとドイツ語の本などをひろげて「賢治の作品をよんだが、どんな人か」と聞かれた。（賢治は省三の中学の先輩）「どこでこんなことばをみつけてくるのだろうか調べている」と話を聞いた。「方言が多いので使おうと思わない」が、丁寧な手紙をつけて原稿を返送するように頼まれた。（傍点原著）

「標準語至上主義」者であった三重吉から見て、方言が多用される賢治の作品は、『赤い鳥』に相応しくないと判断され、掲載に至らなかったというのだ。

賢治作品における方言使用が問題で『赤い鳥』への掲載が見送られたとするなら、賢治は、鈴木三重吉が「標準語至上主義」者であることを知らずに、方言の使われた作品を『赤い鳥』に送っていたことになる。冒頭で見たように、賢治は全ての作品で方言を使ったわけではない。むしろ、全て標準語で書いた作品の方が多い。とすれば、賢治はあえて方言を使用した、数少ない作品を選んで『赤い鳥』に送ったことになる。つまり、問われるべきは、なぜ賢治があえて、標準語で書かれた作品に比較して少数である、方言を使用した作品を選んで送ったかということだ。

そこで確認せねばならないのは、『赤い鳥』を主催した鈴木三重吉が、「標準語至上主義」者であり、『赤い鳥』を通じて標準語を普及させようとしていたかどうかである。

標準語至上主義と『赤い鳥』

たしかに、賢治が『春と修羅』第一集および『注文の多い料理店』を出版した大正一三（一九二四）年までの『赤い鳥』に掲載された童話は、三重吉が依頼した作家の作品および一般読者の投稿作である「募集創作童話」も含め、基本的に標準語で書かれている。

また、賢治が死ぬ前年の『赤い鳥』昭和七年一月号に掲載された新美南吉の「ごん狐」は、方言の箇所が三重吉によって標準語に改変され掲載されている[6]。

こうしたことから、『赤い鳥』に掲載される作品は標準語表記が前提であるように見える。しかし三重吉は、方言を完全に『赤い鳥』から排除したわけではなかった。

実は、ある種の表現において、三重吉は、むしろ方言が使用される作品を求めていたし、また方言の使用を推奨してもいた。ある種の表現には、二種類ある。その一つは、童謡や伝説の類いである。

大正八年一〇月号の『赤い鳥』の最終頁に以下のような告知が入る。

各地童謡傳説募集　童謡は北原白秋先生選。方言は決して標準語に直さないこと。漢字には方言の通りに仮名をふること。分り悪い方言には註解を加へて置くこと。童話は鈴木三重吉先生選。

（『赤い鳥』大正八年一〇月号）

同年の一二月号から、この告知に「童謡傳説」以外に「遊戯」も加えられ、募集されるようになる。その後も多少表現が変わることもあるが、賢治が本を出版する大正一三（一九二四）年まで、そしてそれ以降もほぼ同様の告知が毎号掲載される。そして、それに応じて投稿された、方言を含む童謡等が掲載されるようになる。

『赤い鳥』と方言を用いた作品

たとえば大正八年一二月号には、「各地遊戯法（その一）　鈴木三重吉選」として以下のような遊びが掲載される。

（一）むかへのをばんさん　これは五人でいたします。二三間四方の四つの角へ四人が二人づつ向ひ合つて立ち、鬼になつたあとの一人が真ん中に立つてをります。／向ひ合つた二人はお互に、／「向へのをばはん、ちよとおいで」／「鬼がをつて、よういかん」／「鬼はけんどで伏せてある」／「けんどの穴からのぞきよる」／「迎へに参じませう」／（中略）「けんど」は篩（ふるひ）のこと。「よういかん」は「行かれない」、「のぞきよる」は「のぞいてゐる」といふ意味の方言でございます。

この遊戯法の紹介の最後には「徳島市大工町松の下、坂口あさ報」と記されている。この文章は、『赤い鳥』の読者による投稿を三重吉が方言を訂正せずに掲載したと考えられる。こうした方言の使われた遊戯法や童謡の投稿は、この後もしばしば掲載された。

また、もう一つの表現とは、この『赤い鳥』が特に小学校などで広く教材として使用されまた子供の読者を獲得する大きな要因ともなった「綴方」である。

綴方と方言

この綴方（創刊号の大正七年七月号から八月号までは「募集作文」と題されていた）に、方言が使われた文章が掲載されるのは、創刊から六号目になる大正七年一二月号である。

その綴方は、山口県の小学四年生の作文で豆腐売りの行商に子供が買う気もないのに豆腐を買うと言って声を掛けるというたわいもない話が記されたものだが、そこで子供が豆腐売りを呼び止める時の言葉が「とうふかはんせ」と方言で記されている。この綴方で方言が使われるのはこの箇所のみだが、翌大正八年一月号には、会話部のほぼすべてが方言で書かれた綴方が登場する。兵庫県明石市の高等小学校一年の作で、九州で育ち赤石に引っ越してきた少年と赤石の女性との会話が九州弁と関西弁で記されている。(7)

綴方における、こうした方言の使用について三重吉はどう考えていたのか。

三重吉は、掲載された綴方について毎号選評を書いているが、大正九年一二月号で、三重吉は綴方における方言の使用についてこう述べている。

一たいに対話（人と人とが話すことば）は方言を使ふと特にいき〳〵して来ることが多いです。級の下の人たちはそのほかの部分にも、言いなれた方言を使つたつて一寸もかまひません。そのうちにはだんぐ〳〵に標準語をおぼえて来るから大丈夫です。一ばんいけないのは、みなさんがお互どうしでは言はないことば、大人の書く下等な文章に出て来るやうな言葉をつかふことです。

さらに大正十年九月号の選評では、方言についてさらに踏み込んだ発言が見られる。

これ等の作は三つとも〔綴方として掲載された三作品を指す…引用者補〕、少くとも対話には方言をそのまゝ写してゐるので、すべてがあんなに生き〳〵と躍動してゐるのです。もしあの対話を、標準語に直してかけと言つたならば、三人とも、標準語が自由に使ひこなせないといふ点から、情景をあれだけに生かすことが出来ないのはいふまでもなく、なほそれ以外に、あれが方言であればこそ、地方的事実の特種の空気がまざ〳〵と出て来てゐるのです。

私は方言の使用については、これまでも度度言つておきましたとほり、もと〳〵、みんなの綴方がのび〳〵しないのは、ほかにも、いろ〳〵のわけもありませうが、第一、標準語でものをかゝさうと強いることも非常な障害になつてゐるといふ点に、すべての人がもつと早く注意を向けなければならない筈でした。（中略）対話を写実的に生かすといふ手段としてばかりでなく、それ以外の地の文でもかまはず、どん〳〵方言でかゝすのが一等いゝのです。さうすれば、言はうとすることがすぐに直接に表はされて行くわけです。年級が上がれば、だん〳〵に標準語も、より自由におぼえて来ますし、又、そのときになつてから、特に標準語へ導くやうに扶掖してもおそくはないので、便宜上、しばらくは何にも干渉しないで、無条件に、すべて方言でかゝせることを、みんなの方が必ず試みて下さることを希望します。

三重吉は、地方の子供たちが普段使わない標準語より、言い慣れた方言で書いた方が望ましいという。なぜか。三重吉は、『赤い鳥』創刊の早い時期（大正七年九月号）から、投稿された綴方の選定基準を以下のように提示していたからだ。

綴方のお話—みなさんの綴り方を見て第一にいやなのは、下らない飾りや、こましやくれたたとへなぞが、ごた〳〵使つてあることです。私がいつも選ぶ綴り方を見てごらんなさい。みんな、たゞ、あつたことを、ふだんお話しするとほりの、あたりまへのことばでお話したものばかりではありませんか。

「ふだんお話するとほりの、あたりまえのことばでお話したもの」こそ掲載に相応しい綴方だと言う。だからこそ、方言話者には、方言での表記を推奨したのだ。

方言の推奨と方言の禁止

ならばなぜ、方言の使用という理由で賢治の作品の掲載が認められなかったのか。

大正一三年九月号の『赤い鳥』において、綴り方における方言使用を問題視した読者からの投書が掲載されている。

「赤い鳥」の入選綴方には、いつも方言が非常に沢山這入ってゐます。私にも方言を絶対に禁じると、表現が渋滞する恐れがあり対話なぞは方言の方が切実なのは分かつてゐますが、併し「赤い鳥」の入選作品中には、標準語を自由に使用し得、文章による表現に習熟してゐる児童でありながらわざと、方言を交へてゐるのではないかというやうな傾向がありはしないでせうか。（中略）私の経験の限りでは、僻遠な地方の子供でも尋常五六年以上になりますと、一寸注意さへしてやれば殆んど方言を混入せずに書きます。ほつておいても目障りになる程には使ひません。とにかく方言の混入は、鈴木先生が御選評中で、出来るだけ標準語に取りかへるやうに御注意になつたら、ぢきに矯正出来ること、と思ひますが如何でございませう。（鹿児島県大島郡三方村浦上小学校内、大山英志）

小学校教員であろう大山英志は、綴り方における方言の使用を入選目的によるものがあるとし、方言が日常語として使用される地域の児童の綴り方でも出来る限り標準語で書くように推奨すべきだと言う。こうした投稿者の意見に対して、三重吉はほぼ二頁にわたる長い応答文を掲載している。かなりの長文なのでまず要点を記す。

方言の使用を「積極的に慫慂してゐる」のは「対話が方言で写出されることの効果」を考えてのことで、対話以外の箇所での方言の使用は、「消極的に認容して」いるだけだ。こうした方言の許容は、「日本語の統一をさへも無視してゐる」ように思われるかもしれないが、それは方言の使用を「奨励」するためではなく、「叙写の自由への着目を刺激」するためだ。また、投稿者の言うように五六年生なら標準語で書けるというのは、小学生の実情をむしろ知らない見解だ。大山の指摘する入選狙いの方言使用も見当外れだ。

こういうと一見、三重吉は、大山の見解を全否定しているように見える。だがそうではない。この応答文の最終段落の後半をそのまま引用する。

実際上の教育問題をはなれて言へば、地方語がいくら混つてゐても芸術的に傑出したものならば、方言問題なぞは閑却して、却つて、そのための自然の真実さと地方的情調の牽引を感じます。私が高等科なぞの作品に単純に標準語になほるやうな方言が、沢山這入つているのを割に苦にしないのは、叙写の芸術的価値から採決するからで、いくら標準語でかいてあつても、支那人の日本語のやうな生硬なかき方では何の生躍も魅力もなく却つてくすぐつたい滑稽感が湧くのみです。学校ではすべて年級の上るにつれて出来るだけ方言を矯正するやうにつとめていただきたい。「赤い鳥」でも今後、その点に努力もしませう。ただ、「赤い鳥」の綴方は、ただ単に標準語ををしへることに役立てるよりも、綴方として、より根本的に芸術としての表現ををしへる任務の一部を引きうけてゐる点に注意され、その方面の刺激と参考とに応用されたいものです。

ここで注目すべきは、方言の「芸術的価値」といいつつ、それが許容されるのは「高等科なぞの作品」に限定されるということだ。裏を返せば、成人の作品における方言使用には芸術的価値は見出せないということになる。だからこそ三重吉は、『赤い鳥』でも方言を矯正し標準語で書けるように努力すると書いたのだ。

方言に関する二重基準

鈴木三重吉の方言の評価には、明らかに二重基準《ダブル・スタンダード》がある。標準語に習熟していない児童の作品における方言の使用は、「下らない飾りや、こましやくれたたとへなぞが」ない、「自然性」の発露として推奨できる。しかし、標準語を自由に使いこなせる者が、方言で書くことは、むしろ装われた「自然性」として許容できないということだ。

賢治の作品が、その方言使用において掲載を認められなかったのも、三重吉の方言に関する、この二重基準によったと考えられる。

大正一三年九月号に掲載された投稿者と三重吉との応答を読めば、方言の使用に関する三重吉の二重基準が読み取れるだろう。だが、問題はこの応答が掲載されたのが、大正一三（一九二四）年九月ということだ。賢治が『春と修羅』第一集を発刊したのは、同年の四月である。『注文の多い料理店』こそ同年の一二月であるが、この童話集は元々は『山男の四月』という題名で同年四月に出版予定であった。それが刊行者の変更等の事情により、一二月までずれ込んだ。つまり、『注文の多い料理店』に収められた作品は、大正一三年九月以前に印刷可能な状態にあった。したがって、『注文の多い料理店』における方言使用についても賢治は、こうした応答の影響を受けた可能性は低いと言える。

綴方における方言推奨に影響を受けた賢治

むしろ、三重吉の『赤い鳥』に何度も自身の原稿を持ち込み、それへの自作の掲載をもくろんだ賢治が影響を受けたのは、大正十三年九月以前までに三重吉が、『赤い鳥』掲載の綴方を選ぶ際に示した基準と考えられる。すなわち「対話には方言をそのまゝ写してゐるので、すべてがあんなに生き〳〵と躍動してゐるのです。（中略）なほそれ以外に、あれが方言であればこそ、地方的事実の特種の空気がまざ〳〵と出て来てゐるのです。」という対話における方言使用を推奨するものであった。先に、賢治が方言を作品において用いたのは、その表現効果を意識してのことと述べたが、それはまた三重吉が綴方の選評で指摘した方言使用の意味にも合致するものであった。

賢治が、『赤い鳥』で三重吉の綴方に関する選評を読んだかどうかが不明だ。しかし、大藤幸雄が深沢夫妻から直接聴取した話に偽りがあるとは考えにくい。であるなら、賢治が複数回『赤い鳥』に自身の原稿を送ったことは間違いなかろう。複数回送るということは、賢治もかなり『赤い鳥』に掲載された作品を読んだはずだし、綴方とはいえ、直接三重吉の作品評価基準が分かる、綴方の選評は熱心に目を通したはずだ。対話における方言使用を推奨する三重吉の言葉も見ていただろう。とりわけ、大正一〇（一九二一）年の東京滞在時に植え付けられただろう、方言への劣等感を持った賢治にとって、三重吉による方言使用の推奨は目を引いたのではないか。

『注文の多い料理店』において方言の使われた作品

実際、『注文の多い料理店』で方言の使われている四作品中、「雪童子」に「ゆきわらし」といった方言読みのルビを付けた「水仙月の四月」以外の三作「どんぐりと山猫」「狼森と笊森、盗森」「鹿踊りのはじまり」で方言が使われているのは、対話部分が中心である。また『春と修羅』第一集で方言が使われている一二作中、一〇作は対話ないしは登場人物が口にした話し言葉で方言が使われている。このように賢治の作品で方言が使われるのは、三重吉が推奨した対話（会話）部分が大多数である。

こう見ると、賢治が自身の作品に方言を使用したのは、その表現効果を意図してのことだと考えられるが、それはまた、三重吉が『赤い鳥』の綴方で提示した対話における方言使用の推奨に影響され、自己の作品に方言を導入したとも考えられるのだ。

6　童話と詩の差異

賢治作品における方言使用の一因が三重吉の綴方選定における方言使用の推奨にあったというのは、推測の域を出ない。しかし、少なくとも、三重吉が「標準語至上主義」者であったがゆえに、賢治の作品を不採用にしたとは単純には言えないと確認できた。

賢治が童話において方言を使用したのは、一つには三重吉の影響があったと考えられる。それは、童話における方言の使用が対話の部分中心であり、三重吉が綴方の選評においてまさに推奨した使用方法であったからだ。

ならば、詩における方言使用はどうであろうか。

詩における方言使用

『春と修羅』第一集において賢治が方言を使用した作品は、「春と修羅」「小岩井農場」「原体剣舞連」「高原」「東岩手火山」「永訣の朝」「松の針」「無声慟哭」「風林」「白い鳥」「青森挽歌」「噴火湾（ノクターン)」の一二作品である。[8] これらの作品における方言の使用は、「春と修羅」のおける「ケラ」といった単語のみの使用を除くと、いくつかのタイプに分類できる。

対話部での方言の使用は、童話の場合と同様に二つのスタイルがある。対話する双方が方言を使う場合と、一方のみが方言を使う場合である。[9]

たとえば、「東岩手山」における方言使用は以下のようである。

《先生　中さ入つてもいがべすか》
《え、、おはいりなさい　大丈夫です》

生徒が方言で問いかけているのに対して、賢治は標準語で答えている。

他方、「小岩井農場」においては、

(ちよつとお訊ぎ申しあんす／盛岡行ぎ汽車なん時だべす)
(三時だたべが)

というように賢治と農夫が双方とも方言で対話している。

こうした方言と標準語の使い分けは、「1」で指摘したように、コミュニケーションの効果を意識してのことと考えられる。すなわち、農夫に話しかける場合、標準語で問いかければかえって相手に理解されない可能性が高い。対して生徒ならば、学校では賢治は標準語で授業をしたというから、その延長線上で校外であっても生徒に接する際は標準語で話したとしても不思議はない。つまり、詩における賢治と目される人物の方言と標準語の使い分けは、賢治自身の日常生活における言語使用の習慣の反映と考えられる。

こうした方言の使用法は、童話の場合と同様のものだ。しかし、詩には対話以外でも方言が使われている。

『春と修羅』において方言が使用された作品

『春と修羅』六九作のうちで方言が使われた詩は一二作あるが、そのうちの七作が「無声慟哭」詩編と「オホーツク挽歌」詩編に含まれたものだ。「無声慟哭」詩編は妹トシの死を主題化した詩群であり、「オホーツク挽歌」詩編は、死んだトシの魂を求めて北への旅をした経験を詠った詩群である。方言が使用された作品の半数以上がトシに関わる詩なのだ。

詩における会話箇所に限定して方言の使用を詳細にみると、方言が「ケラ」「菩提樹《まだ》」という単語のみ使われた「春と修羅」「原体剣舞連」を除く一〇編の詩において方言が使われるのは、全部で四二回（「小岩井農場」での「ぶどしぎ」「ぼどしぎ」をカウントしない）である。[10] これらの箇所は、全編方言で書かれた「高原」の場合を除き、すべて詩に登場する人物の会話ないしは心中語である。それらの言葉はすべて丸括弧（　）ないしは二重丸括弧（（　））で示されている。

「高原」を除いた四一回の会話の中でトシの言葉と思われるのは、一二回で最も多い。次に「小岩井農場」に登場する農夫らの言葉が一〇回、その次がこれも「小岩井農場」での先の農夫への返答として賢治自身が発したと思われる言葉が八回。次いで「無声慟哭」におけるトシの問いに対する母イチの返答の二回。それ以外は「東岩手山」「風林」「白い鳥」で九回あるが、それぞれ発言者が異なる（農学校の生徒および賢治の父政次郎らしき人物）と考えられる。

トシの言葉と方言

注目すべきは、詩において最も頻繁に方言が使用されたトシの言葉が、「無声慟哭」におけるトシの「（おら、おかないふうしてらべ）」と「《それでもからだくさえがべ？》」という問いかけに対して母イチがそれぞれ「（うんにゃ　ずゐぶん立派だぢやい／けふはほんとに立派だぢやい）」「《うんにゃ　いつかう》」と答えている場合を除き、トシの独白として記されていることだ。方言が独白のような形で使われることが、詩の方言表記における特異性である。

対話であるならば、鈴木三重吉が綴方の選評で指摘したように「生き〳〵と躍動し」た表現を目指すためとも言えよう。しかし、トシの言葉は、独白が主な形態である。とすれば、三重吉が求めた、表現に生動性を加えるという修辞的な意図から方言で表記したとは考えられない。

ならば賢治はいかなる意図でトシの言葉を方言で記したのか。

なぜ賢治はトシの言葉を方言で記したか

ここで確認しておかねばならないことがある。それは、「無声慟哭」詩編で使われた方言には註によって標準語による訳を付けていることだ。他の方言の箇所には、そうした註がない。賢治はできうる限り多くの人に自身の作品を読んでもらうことを求めた。とすれば、方言を理解しない多くの読者にとっては標準語で記されたほうが読みやすい。しかし、賢治はそうしなかった。なぜ賢治は、註をつけてまでして方言表記にこだわったのか。

単にトシの言葉は、花巻以外の人々に理解困難であったばかりではなかった。花巻の人々にとってすら、「永訣の朝」に記されたトシの言葉は特異なものであったのだ。

花巻在住で宮沢賢治の方言作品音声資料『うずのしゅげ』を作った高橋輝夫は「永訣の朝」のトシの言葉である「あめゆじゅとてちてけんじゃ」は、本来花巻の成人ならば「あめゆぎ　とてきて　けでんじぇ」と言うはずだと指摘している。ならば、なぜ詩の表現はそうならなかったのか。高橋は、トシの妹シゲの「姉が亡くなる時は、まるで赤チャンのいうような言い方をした」という証言を元に、死の直前のトシは子供返りしたような状態にあったと推測する。賢治は、甘えるように幼児語で話すトシの言葉を当時の成人の花巻言葉としては異様であっても、彼の耳に聞こえたまま記すべきだと判断したとする（「『うずのしゅげ』刊行について」『宮沢賢治学会イーハトーブセンター会報』第40号二〇一〇年三月所収）。

死の間際の朦朧とした意識状態にあったトシが口にした言葉を、賢治は二四歳の大人が話す表現としては異例であったとしてもそのまま記すべきと考えた。しかしまた、トシの言葉の意味を読者に伝える必要があった。だからこそ、方言を記した他の場合と異なり、この箇所のみ註によってその標準語による訳をつける必要があった。

こう見てくると、トシの言葉を記すことは、それが方言か標準語かという二分法を超えたところにその意味があったということになる。

遺言としてのトシの言葉

そこでもう一度想起しよう、方言で記された、一二回のトシの言葉について。この一二回のうち九回は、「無声慟哭」詩編の内の「永訣の朝」「松の針」「無声慟哭」におけるトシの言葉である。この三編は「無声慟哭」詩編においても一一月二七日すなわちトシの命日の日付が付されている。つまり、それらは、いわばトシの遺言のような言葉と言えるのだ。

このことはまた、トシの言葉が独白の形をとったこととも関わっている。なぜトシの言葉は独白になったのか。それは賢治があくまでも聞き手の側に留まろうとしたからだ。死にゆくトシの言葉を一言も漏らさず、かつ発せられた言葉をできうる限り忠実に聞き取り、心に止めようとしたからだ。

7　死にゆく者の言葉とまことのことば

なぜトシの言葉を標準語で記さなかったのか

ここで再度問おう。なぜ賢治は、トシの言葉を標準語で書かなかったのか。

註を付すくらいなら標準語で書いてもよかったはずだ。むしろ、後にエスペランティストとなり、より多くの人への伝達を重視する賢治なら標準語で書いた方がよいという判断もあったはずだ。だからこそ、註を付けたのだが、註を付けても方言のまま、というよりも花巻の人にとってすら例外的な方言でトシの言葉を記したのは、それらが今際の際にあるトシの言葉であったからだ。それはトシの遺言であったからだ。家族内でも最も聡明と言われた、あのトシが、自分が愛したトシが、まるで幼い子がおねだりするように自分に向けて発した言葉、死ぬ間際にトシが口にした言葉を賢治は一音たりとてゆるがせに出来ないと思ったのだ。だから、それは花巻言葉としても異例のものであってもそのまま記されねばならなかった。それが一般的意味伝達という点で不利だったとしても。

方言、というよりも賢治の鼓膜を振るわせたトシの言葉をそのまま記すことにはこのような意味があった。しかし方言で記すことの意味はそれに止まらないだろう。

そこにはまた、賢治の言語観が反映されてもいるとも考えられる。

賢治の言語観を知る上で格好の作品がある。「竜と詩人」である。

賢治の言語観

詩賦の会でそれまでの詩人の王アルタを破り、王座についたスールダッタは、自身の詩がオリジナルではなく、竜王チャーナタの詩の盗作ではないかという思いに囚われていた。そこでスールダッタは、チャーナタの眠る洞窟に出かけ、彼に謝罪する。そうしたスールダッタに対して、チャーナタはこう答える。

スールダッタよ、あのうたこそはわたしのうたでひとしくおまへのうたである。いったいわたしはこの洞に居てうたったのであるか考へたのであるか。おまへはこの洞の上にゐてそれを聞いたのであるか考へたのであるか。
おゝスールダッタ。
そのときわたしは雲であり風であった　そしておまへも雲であり風であった。詩人アルタがもしそのときに瞑想すれば恐らく同じいうたをうたったであらう。けれどもスールダッタよ。〔ア〕ルタの語とおまへの語はひとしくなくおまへの語とわたしの語はひとしくない韻も恐らくさうである。この故にこそあの歌こそはおまへのうたでまたわれわれの雲と風とを御する分のその精神のうたである。

詩賦の会で勝利したスールダッタの詠った詩は、チャーナタ老竜のものであった。しかし、チャーナタは、一方で、スールダッタの詩は語も韻もチャーナタのものとは違うというが、他方で瞑想の中で聞いた詩はチャーナタの詩もスールダッタの詩もそしてアルタの詩までも同じであったと指摘する。チャーナタの詩は、あらゆる詩すなわち全ての個別言語の根源となる原言語とでも呼ぶべきものだ。この原言語は、スールダッタやアルタなどの個々の人間の知覚を通して個別言語化する。アルタとスールダッタの詩は源泉は同じでも、それが具体的表現となる時にそれぞれ個別的特質を持ったものとして立ち現れる。

現象面では個別的差異をもった表現もその根底には共通の源泉がある。詩編『春と修羅』で修羅が追い求めたのは、「まことのことば」であったが、それはまた賢治が思い描いた理想の言語であった。理想の言語としての「まことのことば」は、すべての言語の根底にある共通の源泉にある原言語ではないか。この「まことのことば」を通じて、人は言語間の差異を超え、あまつさえ動植物、生物無生物の差異を超えてコミュニケートできるというのが、擬人法を創作の根底に据えた賢治の作品の特質である。

普遍言語としての「まことのことば」

あらゆる人々、すべての動植物の垣根を越えて意思疎通を可能にする究極の普遍言語＝「まことのことば」を想定すれば、標準語と方言、あるいは日本語と英仏語さらにはエスペラントといった言語間の階層秩序、差異などは無視可能なものとも見なせたはずだ。

「永訣の朝」等に記されたトシの言葉こそ、「まことのことば」ではなかったか。賢治は、自身の鼓膜を振動させた物質としてのトシの言葉をそのまま記した。「鹿踊りのはじまり」の嘉十があるいは「なめとこ山の熊」の小十郎の聞いた鹿や熊の声、嘉十や小十郎によって人間の言葉に翻訳される以前のけものたちの鳴き声のようなものもまた、賢治の耳に届いたトシの言葉のようなものではなかったか。「竜と詩人」においてスールダッタが聞いたチャーナタの言葉はそのようなものではなかったか。それらは意味化される以前の物質としての言語の姿、音の連なりである。それはそのまま記されれば、多くの者には意味不明のものとなるだろう。だが、賢治の心を打ったのは、「あめゆきとつてきてください」と標準語化・一般化される以前の「あめゆじゆとてちてけんじや」であった。たとえ、花巻言葉としても異例であっても、賢治の心を揺さぶったのは、「あめゆきとつてきてください」ではなく「あめゆじゆとてちてけんじや」だった。それは、言語化され、意味化される以前の言葉ならざる言葉の類いである。そして、生まれて初めて人が聞いた言葉のような新鮮な音の連なりとして、それらは、賢治の心に残り、そしてそのまま詩に記された。『注文の多い料理店』「序」で「わけのわからないところもあるでせうが、そんなところは、わたしにもまた、わけがわからない」ものとして「そのとほり書いた」ように、そのまま記された。

そのような言葉が、方言か標準語かを問うことほとんど意味がなかろう。トシだけが、死の間際のトシだけが発し得た言葉であるから。

「オホーツク挽歌群」で賢治がトシとの通信を求め、トシの言葉を聞こうとするのも、臨終の間際に聞いたトシの言葉をもう一度聞きたいと思ったからだ。それは、死者との交信を求めての旅であった。それはいかなる結末を迎えるか。次節では、死者の言葉について震災文学とも絡めて論じていこう。

8　トシの言葉を求めて――死者は語るのか

トシの魂を求めての旅

前節で賢治がトシの言葉を方言（方言ならざる方言ということであったが）で記した意図を確認した。それは、死にゆく最愛の妹の言葉を能う限り忠実に記そうということであったのだが、賢治は、またトシの死後、トシの魂を求めて、トシの死の翌年北へと旅立った。それは、名目上は賢治が奉職していた花巻農学校の生徒に就職を斡旋するための樺太への旅であった。しかし、賢治にとってその旅は、死んだトシの魂を求めてのものだった。その様が描かれたのが、「オホーツク挽歌」と章題の付いた五つの詩編である。前節で確認したようにこの五つの詩編のなかの「青森挽歌」「噴火湾（ノクターン）」において方言が三箇所で使われている。それは以下のようなものである。

《耳ごうど〔鳴〕ってさつぱり聞けなぐなつたんちやい》

《黄いろな花こ　おらもとるべがな》

（以上「青森挽歌」）

《おらあど死んでもい丶はんて／あの林の中さ行ぐだい／うごいで熱は高ぐなつても／あの林の中でだらほんとに死んでもいいはんて》

（「噴火湾（ノクターン）」）

最初の詩句は、その直後で「さう甘へるやうに言つてから／たしかにあいつはじぶんのまはりの／眼にははつきりみえてゐる／なつかしいひとたちの声をきかなかつた」とあるので、死の間際にトシが口にした言葉の想起・再現と言えよう。

二つ目は、直前に「ほんたうにその夢の中のひとくさりは／かん護とかなしみとにつかれ睡つてゐた／おしげ子たちのあけがたのなかに／ぼんやりとしてはいつてきた」とあるので、トシを看護して疲れて眠ったシゲの夢の中でのトシの言葉を記したものだろう。

三つ目は、「無声慟哭」群に含まれ、トシの命日の日付を持つ三つの詩編の一つ、「松の針」でトシの願いを記した「林へ行きたかつたのだ」という言葉や、賢治が取ってきた松の枝を熱で火照る頬にあてたトシの「《ああいい　さつぱりした／まるで林のながさ来たよだ》」という呟きに対応する表現である。

このように「オホーツク挽歌」群で使われた方言は死ぬ間際のトシに関わるものである。賢治は、死ぬ直前のトシの言葉、様子を想起しつつ、トシの魂を求めて北への旅を続けた。

トシとの通信

旅の目的は、「青森挽歌」の「なぜ通信が許されないのか／許されてゐる、そして私のうけとつた通信は／母が夏のかん病のよるにゆめみたとおなじだ」とあるようにトシとの「通信」であった。

こうした賢治の行動は、オカルト的とも言え、奇異なものと眼に映る。しかし、賢治自身、森荘已池にしばしば「怪力乱神」つまり心霊体験などの超常現象について語っていたという。賢治は、彼が森に語った、河原の大きな石の上で寝ていると幽霊の二人の僧侶が賢治の前に現れ「南無阿弥陀仏」と連呼する声を聞いたという体験を「河原の坊」という詩に書いていたりもする。

もちろんここで問いたいのは、賢治に霊能力があったかどうかということではない。

死者の言葉

本書第1章の「人は震災にいかに向き合ったか」で触れた金菱清らが収集したタクシー運転手の談話が示しているように（『呼び覚まされる霊性の震災学』）、東日本大震災における津波被害の大きかった沿岸部では、賢治が体験したような心霊体験は多く語られている。

金菱らが収集したタクシー運転手の談話は、都市民俗学のもはや古典ともいってもよいJ・H・ブルンヴァンの『消えるヒッチハイカー』（原著一九八一年・翻訳一九八八年）で報告された、幽霊を車に乗せた者の話と同型である。だからといって、被災地のタクシードライバーの話を一九八〇年代のアメリカでも語られていた都市伝説の一つだと言いたいわけではない。

タクシードライバーの話の場合、彼らが乗せた幽霊の乗客は、彼らとは直接縁のある人々でなかった。

しかし、賢治が死んだトシと「通信」可能だと述べたように、津波で家族を失った者たちが、亡くなった家族の存在を感じるという談話も収集されている。奥野修司の『魂でもいいから、そばにいて　3・11後の霊体験を聞く』（新潮社）がそれだ。

この本の中では、津波で亡くなった兄の死亡届を役所に届けた時に兄から「ありがとう」というメールが着いたという妹の話、津波で亡くなった三歳の息子が好きだったおもちゃがスイッチも入れていないのに動き出したと語る母親の談話や、さらには七四名もの死者・行方不明者が出た大川小学校の犠牲者の一人となってしまった子の親による、息子の霊がやってきて仮設住宅の天井や壁を叩き音を立てるという話など、一六の家族のエピソードが語られている。

いずれの話も哀れを催すものであり、たびたび目頭が熱くもなるが、一方でそれらの話が浮かび上がらせるのは、霊の存在云々ではない。客観的見れば偶然の符丁、錯覚、思い込みあるいは幻視・幻聴に、突然愛する者を奪われた者が、生きる縁をあるいは癒やしを求めざるを得ないという追い詰められた心の有り様であろう。そしてあえて言えば、不可思議な出来事に死者の霊を感じるとしても、やはり死者は決して戻ってくることはないということであり、それらは結局生者が思い描く死者の有り様ではないかということである。

『想像ラジオ』と死者の言葉

いとうせいこうの『想像ラジオ』において最も心を打つ第四章について文庫版の解説で星野智幸が正しく指摘しているように、この章は一見死んだ恋人と作家Sの対話を描いているようでいて、実は作家

Sが恋人が生きていたらこのようなことを話すだろうと想像して書いた章である。この章は、デカルトの『方法序説』における命題「われ思う故にわれあり」の小説版とも言えよう。というよりも、柄谷行人が『探求Ⅱ』で反転させた独我論的デカルト像の小説版と言うべきか。いとうの小説の登場人物の言葉を使えば「生きているあなたが、生きていないわたしを通じて考えくれる」という形で「わたし」の明証性へと到達するということ、考えているのは、あくまで私＝生者であり、死者ではないということである。

いとうの小説では、津波に呑まれて死んだＤＪアークという死者の語るラジオが本当に聞こえるのかどうかという議論が小説内でしばしば展開されており、その存否についての明確な結論は提示されていない。しかし、題名からも類推可能なように、「想像」を通じてでも、死者の思いを語ることを肯定的に捉えていると考えてよかろう。それを否定する気はない。しかし、ただ先に触れた解説で星野智幸が提示したこの小説についての評価、すなわち「この小説がしきりに促すのは、死んだひとのことに囚われていていいんだよ、忘れられず思い返し続けるのでいいんだよ、そのまま一緒に生きればいいのだから、という」主張については留保が必要だと思う。

死者との離別の忌避

生き残った者が囚われるのは、死者への思いというよりも、むしろ死者への思いから離れてしまう時だろうからだ。

どういうことか。どれほど死者のことを思っても、死者のことを忘れてしまう時がある。あれほどその存在なしには自身の生など有り得ないと思ったはずなのに、死者のことを忘れ、自身の生の一瞬、一瞬を生き生きと生きてしまう時がくる。そうした時こそ、生き残った者が最も罪責意識（サバイバーズ・ギルト）を持つ瞬間であろう。安克昌が言及した、娘を失った母親の言葉、すなわち「こうやって落ち込んでいる方が、娘がそばにいる気がする。私が元気になったら娘が遠ざかってしまう」（『心の傷を癒すということ』）は、愛する者がどういう瞬間に罪責意識を持つかをあますところなく語っている。

愛する者を亡くした者たちは、死者を思うことを肯定してもらいたいと思うだろうか。むしろ出来れば、ずっと囚われ続けたいと思っているはずだ。しかし、そう出来ないことが、死者を忘却する時があることが、彼らを苦しめるのだ。

ならば、愛する者を失った者たちはどうすればよいのか。

9　死者との別れ

そこでもう一度賢治の場合を見てみよう。

トシの死

賢治は、東日本大震災において家族を失った者たちと違い、本章の冒頭で触れたように、トシとの別れは予想可能なものであった。トシの結核は、彼女が日本女子大に在学中にスペイン風邪にかかり入院した大正七（一九一八）年末にさかのぼることが出来た。その時賢治は、母親イチと上京しトシの看病に当たっている。

結局トシは三カ月あまり入院することとなり、その時点では結核という診断は下されていなかったようだが、世界中で五〇〇〇万人から一億人の死者を出したとも言われるスペイン風邪に罹患したとはいえ、インフルエンザで三カ月入院するということは考え難いからだ。この時はトシは平癒し、翌大正八(一九一九)年三月に花巻に帰る。トシは花巻での療養生活を終えると大正九(一九二〇)年九月から花巻女学校の教師を務めるが、賢治が東京に出奔した大正一〇(一九二一)年九月には喀血し、その知らせで賢治は東京から花巻に舞い戻ることになる。そして翌年一一月に二四歳で早世する。

トシが伏せっていた一年あまりの間に書いた詩の中で賢治はしばしばトシへの思いを記している。一九二二・三・二〇(正確には一九二二・二三・二〇とあるが誤記と思われる)、すなわち大正一一(一九二二)年三月二〇日の日付を持つ「恋と病熱」では、賢治は病に床にあるトシを思いこう記す。

けふはぼくのたましひは疾み
　烏さへ正視ができない
　あいつはちやうどいまごろから
　つめたい青銅の病室で
　透明薔薇の火に燃される
はんたうに、けれども〔妹〕よ
けふはぼくもあんまりひどいから

やなぎの花もとらない

「青銅の病室」とは保温や病菌を恐れてつられた青い蚊帳のこと（『宮澤賢治語彙辞典』）とされるが、そうした宮沢家の中にしつらえられた暗い病室で熱にあえぐトシのことを思う様が描かれている。

さらにその二カ月後の五月二二日の日付をもつ「小岩井農場」では、やがて訪れるであろうトシとの別れを思い、それへの真率な気持ちを詩に綴っている。

トシの死の予感と「小岩井農場」

全集で三二頁、七つのパート（パート九まであるがパート五と六は削除されている）から成る長大な「小岩井農場」でトシのことを思って書いていると考えられるのは、パート九の最終部である。

もしも正しいねがひに燃えて
じぶんとひとと万象といつしよに
至上福しにいたらうとする
それをある宗教情操とするならば
そのねがひから砕けまたは疲れ
じぶんとそれからたつたひとつのたましひと
完全そして永久にどこまでもいつしよに行かうとする

この変態を恋愛といふ
そしてどこまでもその方向では
決して求め得られないその恋愛の本質的な部分を
むりにもごまかし求め得やうとする
この傾向を性慾といふ
すべてこれらの漸移のなかのさまざまな過程に従つて
さまざまな眼に見えまた見えない生物の種類がある
この命題は可逆的にもまた正しく
わたしにはあんまり怖ろしいことだ

（中略）

もうけつしてさびしくはない
なんべんさびしくないと云つたとこで
またさびしくなるのはきまつてゐる
けれでもここはこれでいいのだ
すべてさびしさと悲傷とを焚いて
ひとは透明な〔軌〕道をすすむ
ラリックス　ラリックス　いよいよ青く
雲はますます縮れてひかり

わたくしはかつきりみちをまがる

若松英輔が『悲しみの秘義』で指摘しているように「もうけつしてさびしくはない／なんべんさびしくないと云つたとこで／またさびしくなるのはきまつてゐる」と書かれた箇所は、やがて訪れるであろうトシとの悲しい別れを思い書いていると考えられる。

注意すべきは、その直前の箇所で自身のトシへの思いを「恋愛」とさらには「性慾」とまで類比しつつ書いていることだ。

この「小岩井農場」での詩句と先の病床にあるトシのことを思って書いた詩である「恋と病熱」と絡めて、トシと賢治の関係を近親相姦的なものと指摘する、愚かとしか言えない解釈を提示する者もある。だが、言うまでもなく、賢治がここでトシへの思いを「恋愛」と類同化しつつ語ったのは、トシだけを思う自身の思いを執着として否定せねばならないと考えていたからだ。それは法華経信者としてあり得べからざることであったからだ。

トシへの執着と信仰の狭間で

法華経信者として本来は「じぶんとひとと万象といつしよに／至上福しにいたらうとする」べきであるのに、病で苦しむトシのことを思うとどうしても賢治は「じぶんとそれからたつたひとつのたましひと／完全そして永久にどこまでもいつしよに行」きたいと思ってしまう。それは、「正しいねがひ」が「変態」化したものであり、さらにそれが極限化したものが「性慾」である。自身のトシへの思いはそんな「変態」化したものではないはずだと戒めるために、己に諭すようにそう記したのだ。

賢治が「恋愛」とも見まがう思いをトシに抱いたのは、遠からぬ先に訪れるトシの死が意識されたからだ。つまりここで賢治は、考えたくはないトシの死を思い恐れ、だからこそ「恋愛」とも見まがうばかりの、トシへの執着に苦しむことになる。しかし、そうした乱れる心を必死に押さえ、詩の最後で絞り出すように綴った言葉が「もうけつしてさびしくはない／なんべんさびしくないと云つたとこで／またさびしくなるのはきまつてゐる／けれどもここはこれでいいのだ／すべてさびしさと悲傷とを焚いて／ひとは透明な〔軌〕道をすすむ」という言葉だった。

賢治は、やがて訪れるトシとの悲しい別れを思い、その寂しさに耐えがたいような思いを持ちつつ、自分に言い聞かせるように「もうさびしくはない」と思う。だが、またいずれその寂しさは募るだろう。なにより本当にトシの死が現実のものとなったとき、その辛ささびしさはどれほどのものかと思い、またきっと「さびしくなるのはきまつてゐる／けれどもここはこれでいいのだ」と書いた。

この賢治の潔さは心を打つ。ならば、実際にトシが死んだときの賢治はどうだったか。震災で突然に愛する者を失った人々と違い、賢治にとって、トシの死はある程度までは予想されたものであった。「小岩井農場」は、あえて言えば、トシとの悲しい別れの予行演習でもあった。

トシの死に直面した賢治の心の乱れ

そのようにトシの死は予想されたものであったにもかかわらず、予行演習までしたにもかかわらず、賢治の心は、千々に乱れた。「松の針」の「ああけふのうちにとほくへさらうとするいもうとよ／ほんたうにおまへはひとりでいかうとするか／わたくしにいつしよに行けとたのんでくれ／泣いてわたくしにさう言つてくれ」という絶唱は、トシの死を受け入れがたいものとし、激しく動揺する賢治の心を余さず示している。

それだけではなかった。「なんべんさびしくないと云つたとこで／またさびしくなるのはきまつてゐる／けれでもここはこれでいいのだ／すべてさびしさと悲傷とを焚いて／ひとは透明な〔軌〕道をすすむ」と決意したにもかかわらず、先にみたように賢治は、トシの魂を求めて、もっと云えばトシとの再会を求めて、トシの死後八カ月あまり経過した後に北への旅へと向かった。

その旅で賢治が最終的に得たのは何だったか。

トシとの通信と賢治の満たされぬ思い

それは先に見たように、「青森挽歌」で記されたトシとの通信であった。

しかしその許されているはずのトシとの通信を賢治は信じきることができなかった。というのも、この「オホーツク挽歌」群の最後に位置する「噴火湾（ノクターン）」の最後の詩句が以下のような形で終わっているからだ。

ああ何べん理智が教へても
私のさびしさはなほらない
わたくしの感じないちがつた空間に

いままでここにあつた現象がうつる
それはあんまりさびしいことだ
　（そのさびしいものを死といふのだ）
たとへそのちがつたきらびやかな空間で
とし子がしづかにわらはうと
わたしのかなしみにいぢけた感情は
どうしてもどこかにかくされたとし子をおもふ

この箇所では、「小岩井農場」の最後の部分と呼応しつつ、賢治が結局そこで下したはずの「もうけつしてさびしくはない／なんべんさびしくないと云つたとこで／またさびしくなるのはきまつてゐる／けれでもここはこれでいいのだ／すべてさびしさと悲傷とを焚いて／ひとは透明な〔軌〕道をすすむ」という決断が機能しなかったことが、図らずも語られてしまっている。

震災で家族を亡くした者たちが、偶然の符丁や思い違い、幻覚とも指摘されかねないことに死んだ家族の姿を見出そうとしたように、賢治はトシへの思い断ち切ることが出来ないでいた。ならば、賢治はどうしたのか。

「薤露青」

「薤露青」という作品がある。賢治のトシとの再会を期した旅からさらに一年あまり後の一九二四年七月一七日の日付を持つ作品である。「みをつくしの列をなつかしくうかべ／薤露青の聖らかな空明のなかを／たえずさびしく湧き鳴りながら／よもすがら南十字へながれる水よ」と始まる詩である。この詩の後半にこんな言葉が記される。

声のい丶製糸場の工女たちが
わたくしをあざけるやうに歌って行けば
そのなかにはわたくしの亡くなった妹の声が
たしかに二つも入ってゐる
……あの力いっぱいに
　細い弱いのどからうたふ女の声だ……

（中略）

……あ丶　いとしくおもふものが
そのま丶どこへ行ってしまったかわからないことが
なんといふい丶ことだらう〔……〕
かなしさは空明から降り
黒い鳥の鋭く過ぎるころ
秋の鮎のさびの模様が
そらに白く数条わたる

製糸工場から出て来た工女たちの側を通ったとき、賢治はそこにトシの声を聞いた。もちろんそれは錯覚に過ぎない。似たような経験は、多かれ少なかれわれわれもするのではないか。ただ、思い出してもらいたいのは、トシの魂を求めて北への旅においてトシとの「通信」は「許されている」としていたことだ。われわれが経験する錯覚とは違い、賢治はトシの声を聞くことが出来る、少なくともこの詩の書かれる一年近く前にはそう信じていた。しかし、賢治はここでは「あゝ　いとしくおもふものが／そのまゝどこへ行ってしまったかわからないことが／なんといふいゝことだらう」と書いている。

「いとしくおもふもの」がどこかへ行ってしまうこと

なぜ「いとしくおもふもの」がどこに行ったかわからないことが良いことなのか。

結局、人が生きていくということは、そのようなことであるからではないか。

フロイトの「喪とメランコリー」の記述を思い出そう。

リビードが失われた対象に結びつけられていることを示す想起や期待の状況の一つ一つに現実が介入し、それらのすべてに対象はもはや存在しないという評決を周知徹底させる。すると自我は、いわば汝はこの運命を共にすることを欲するやという問いに直面させられ、そして、生きていることから受け取るナルシス的な満足の総計を考慮に入れて、無に帰した対象へのみずからの拘束を解除するという結論を甘んじて受け入れる。

（「喪とメランコリー」伊藤正博訳）

これを読んだとき、私は正直フロイトはなんと酷薄なことを書くのかと思ったものだ。しかし、やはりこのフロイトの言葉は、正しいというべきだ。

愛する者との別れがどれほど辛く、それを忘れることができないとしても、人は、少しづつ、その死に慣れていく。愛する者の死をゆっくりと忘れていく。

この人がいなくては、この子と一緒でなければ、生きていけないと思い、何も手に付かず、何も食べる気がしなくても、体の傷が少しづつ回復するように、心の傷もゆっくりと癒えていく。歯を磨いたり、お風呂に入ったり、そして食事を少しだけでもとれるようになっていく。やがて、砂を噛むように思われていた食事がおいしいと思われたり、沈む夕陽を美しいと思ったり、あるいはちょっとしたことで笑い声を上げたりするようになる。そんなとき、人ははっと驚くのだ。自分は愛する者の死を一時でも忘れ、食べ物に舌鼓をうったり、景色に感動したり、笑っている自分に。

それは、あえて言えば忘恩の振る舞いだろう。だが、人はそうやって生きていくものなのだ。「無に帰した対象へのみずからの拘束を解除する」のだ。

賢治が、「いとしくおもふもの」、トシの魂がどこにいったのか分からないことを「いいこと」としたのはそういうことだろう。そのように、トシを思う気持ちに区切り目をいれることに賢治は同意したのだ。

人は、愛する者と二度別れることになる。一度目は、死によって。二度目は、その死が忘却の彼方へと遠ざかるときに。

賢治は、トシの死後、トシの魂と通信ができると語った。津波で愛する者を亡くした人たちが、物音や偶然の出来事に死者の来訪を見出していたように。

しかし、その賢治もやがてトシの魂がどこに行ったか分からないことを良いことだと語った。それは、生者と死者との間に区切り目をつけることである。どれほど再会を望んでも二度と会うことができないこと、どこにいったのか分からなくなることを良きこととして受け入れること。死者を忘却すること、忘恩の徒になることを認めること。人はそのようにしてしか生きていけないのだ。賢治の「薤露青」は、そのような死者との応接について示唆している。

震災から八年の歳月が過ぎようとしている。震災経験の風化を危惧する声がある。その一方で、心に大きな痛手を負った者で、その痛みを忘れたくとも忘れられないでいる者もいる。だがまた、忘れたくなくとも人は忘れてしまうものでもあるのだ。

死者の忘却

いずれにしろ、どこかで人は区切り目を入れねばならない。最愛の妹トシを亡くした賢治の姿は、人が愛する者との別れの予感にどのように怯え、一方でそれに勇敢に立ち向かおうとしたか、そして実際の愛する者との別れにどのように取り乱し、また対処し、そしてその死後愛する者の再会をいかに求め、やがてその不可能性を受け入れたか、あますことなく描いている。この賢治の経験は、震災により大きな傷を負った者たちにとって、一つの示唆になるのではないか。

ここでもう一度賢治が「薤露青」で記した言葉を持って、この章を閉じることとしよう。

……あゝ　いとしくおもふものが
そのまゝどこへ行ってしまったかわからないことが
なんといふいゝことだらう〔……〕
かなしさは空明から降り
黒い鳥の鋭く過ぎるころ
秋の鮎のさびの模様が
そらに白く数条わたる

注

（1）　だからといって、賢治は、無批判に標準語の使用を肯定したわけではない。安藤恭子が「どんぐりと山猫」について「『どんぐりと山猫』――支配される構造」（『宮沢賢治　力の構造』朝文社・一九九六年）において周到に分析しているように、標準語で話す一郎に対して方言で話す馬車別当が滑稽な存在として描かれたのは、当時の学歴の階層秩序、何より方言を標準語に比して劣位に置く当時の言語階層秩序を前提としている。それは、賢治自身が、方言と標準の階層構造に意識的であったことを意味する。賢治は、自身を含めた方言話者に劣等感を抱かせるこうした言語秩序に批判的視線を投げかけていたのだ。

（2）　年譜上確認できる、賢治が最初にエスペラントに言及したのは、賢治が花巻農学校を依願退職し、羅須地人協会の活動を開始した大正一五（一九二六）年一一月である。盛岡高等農林時代の同期生で雑誌『アザリア』の同人でもあった小菅健吉が花巻の賢治を訪れた際、「世界の人に解ってもらうようエスペラントで発表するため、その勉強をしている」と語っている（『新校本』第十六巻（下）補遺・資料年譜篇）。

（3）人見は、深沢紅子が三重吉のところに賢治の童話を持ち込んだ回数については言及はないが、森荘已池（森荘已池「『注文の多い料理店』」・続橋達雄編『「注文の多い料理店」研究1』所収）によると二度持って行ったと記述されている。

（4）井上寿彦は（『賢治、「赤い鳥」への挑戦』）、賢治は『赤い鳥』の童話募集の告知に従い、「蜘蛛となめくじと狸」などの作品を投稿していた推測している。これは推測の域を出ないが、井上の推測が正しいと三重吉は四回以上賢治の作品に目を通していたことになる。

（5）人見は、賢治作品の『赤い鳥』での不採用の理由を、「エスペラント語も方言も重要な役割を果たす」賢治の「童話の方法」が「三重吉にとっては難解以外の何物でもなく、到底子供たちに読ませるに値しないと判断された」と指摘している。

（6）南吉の残したノートに記された「権狐」（ノートには題名も「ごん」の部分は漢字で表記されている）における、「鰯のだらやす」や「いや、それが解らんだ、知らんでうちに、置いて行くんだ」（『新美南吉全集』第十巻・大日本図書株式会社・一九八一年二月・六五三頁および六五五頁）という方言で表記された箇所が、「赤い鳥」では、それぞれ「いわしのやすうりだァい」や「それがわからんのだよ。おれの知らんうちに、おいていくんだ。」（同前・第三巻・一九八〇年七月・一一頁および一三頁）と標準語に改変されている。

（7）『赤い鳥』大正八年一月号。「電車が来るばい」「また来るけぇ行くばつてん」、「でげん、でげん」、「坊や、お母ちやんとこ帰りたうないか。」「帰りたうない。」「なぜだすの。」「知らんけん。」「知らんことあらへんがい。なあ、坊、お父ちやんとこようないか。」「お父ちやんきらひ。」「お母ちやんは。」「母ちやんきらひ。」「ほんなら、だれが好き。」「おばあちやん。」「けふだけでツしやろな。おばあちやんは、かふいふえゝものを持つてるさかいな。」

（8）「春と修羅」「原体剣舞連」での方言はそれぞれ「けら（蓑の方言名）」「まだ（菩提樹の方言名）」という普

通名詞のみの使用で会話の描写という流れで使われたものではない。

（9）童話における方言使用は、「なめとこ山の熊」や「ひかりの素足」のように対話する双方が、方言で話す場合と「どんぐりと山猫」のように一方が方言で話し、他方が標準語で答えるというように、詩と同様二つのスタイルがある。

（10）「小岩井農場」での「ぶどしぎ」「ぼとしぎ」はやましぎの方言名ということであるが、これも「春と修羅」の「けら」の場合と同様に捉え、カウントしないことにした。

＊宮沢賢治作品の引用は全て『新校本宮澤賢治全集』に依った。また、『赤い鳥』からの引用においては、適宜、旧字を新字に直した。

第5章　後景化する震災——語り手の消失・不可視化

1　風景画と事件

「イカロスの墜落」

ブリューゲルに「イカロスの墜落」（ベルギー王立美術館所蔵）という作品がある。奇妙な絵である。題になっているイカロスは、画面の右下の海に墜落して片足を残し水没している。それも小さくしか描かれていない。対して、絵の前面に大きく描かれているのは、牛に鋤を引かせる農夫である。「イカロスの墜落」という題がなければ、夕陽が沈む海辺を背景にして、つつがなく農作業に勤しむ農夫の姿を描いた風景画と見誤ってしまう。現在では、赤外線反射調査などによってブリューゲルの真作でない可能性が高いとされている。幸福輝によると「イカロスの墜落」は、かつてベルギー王立美術館では、一番見栄えのする場所に展示されていたという（『ブリューゲルとネーデルラント絵画の変革者たち』）。この絵がブリューゲルの真作と思われていた時は、ブリューゲルの絵画の中でも一際評価が高かったということだ。

真贋論争は、私の関知するところではない。「イカロスの墜落」がブリューゲルの真作ではないかもしれない。だが、少なくともこれはブリューゲルの絵の模写の可能性が高いとされる。とすれば発見されていない、同じ構図のブリューゲルの真作があることになる。そこで問題となるのは、ブリューゲルは、風景画とも見まがうような構図の絵によって、なぜ「イカロスの墜落」というギリシア神話を主題化したかということだ。

『変身物語』との食い違い

この絵がブリューゲルの真作と信じられていた頃から、多くの矛盾点が指摘されていた。イカロス失墜を描いたこの絵は、オウィディウスの『変身物語』を典拠とするとされてきた。「イカロスの墜落」には、確かに『変身物語』に登場する人物が描かれている。だが、その描かれ方が『変身物語』とは食い違っている。

クレタ島の高塔に息子イカロスと共に幽閉された名工ダイダロスは、巨大な翼を作り、それで塔から抜け出す。その際父は息子に、翼は低く飛ぶと海水に濡れて重くなり、高く飛びすぎると太陽の火で焼かれてしまうと注意した。しかしイカロスは父の注意を忘れ高く飛びすぎたため、羽根を接着していた蝋が溶けて海へと墜落する。『変身物語』では、この親子の飛翔を「しなやかな竿で魚を釣っている漁師の誰かや、杖をもった羊飼いや、鋤の柄によりかかった農夫が見つけて、仰天した」（岩波文庫、中村善也訳『変身物語』）とあり、ブリューゲルは、この漁師と羊飼いと農夫を画いている。通常は、漁師や農夫らの視線の先には、空にいるダイダロスと墜落しつつあるイカロスが画かれる。しかし、この「イカロスの墜落」ではダイダロスは画かれず、イカロスはすでに海に落下している。空を見上げる羊飼いの視線の先には何もないのだ。水没するイカロスの側では漁師が釣りをしているが、漁師は沈みゆくイカロスに気付かぬ（あるいは目を逸らす）ように釣りに励んでいる。農夫に至っては、空を見上げるどころか顔を地面へと向けている。つまり、イカロスの墜落という事件を見ている者は、この絵画内には誰もいない。

矛盾する構図の意味

このように、『変身物語』とは矛盾する構図が、どうしてとられたのだろうか。それを確認するためにブリューゲルが活躍した一六世紀のネーデルランド絵画の歴史的状況を幸福輝の『ピーテル・ブリューゲル――ロマニズムとの共生』、『ブリューゲルとネーデルラント絵画の変革者たち』を参照して概括しよう。

ブリューゲルは日本で大変人気のある画家であるが、その人気の主な理由は、「農民の祝宴」のような当時の名も無い人々の日常を画いた風俗画家として、「雪の狩人」のような民衆の姿を大自然の中で描いた風景画家としての側面にある。

しかし、名も無い民衆や風景が絵画の主題になるのは、ブリューゲルが活躍した一六世紀後半から三〇〇年余り後の印象派の画家たちが活動を始める一九世紀においてである。それまでの絵画においては、扱う主題にヒエラルキーがあり、聖書や叙事詩などに記された事件を画く「宗教画」や「歴史画」などの物語画が優位であった。

風景画の意味論

ブリューゲルの活躍する一六世紀後半は、宗教画や歴史画のような物語画と風景画のような非物語画が交錯をし始めた時期であった。

ブリューゲルは、風景画や風俗画を主に描いていたが、それは、決して今日の風俗画や風景画が描く市井の人々や、特別な事件が起きるわけでもない平穏な風景ではない。

ブリューゲルの生きた一六世紀のネーデルランドは、ロマニズムと呼ばれるイタリア主義が基調であった。ロマニズムとは、ローマを訪れイタリア・ルネサンスやローマの古代文化に親しみ、イタリア美術の影響下で創作活動を行おうとする姿勢である。農民を画いた点でブリューゲルは、ロマニズムとは無縁の庶民派のように思われがちだが、彼はイタリアに留学し、人文主義的教養を十分身につけていたと考えられる。

ならば、なぜブリューゲルは歴史的事件や聖書を題材として作品を描かなかったのか。ブリューゲル自身、宗教的主題を描いた作品はないわけではないが、ロマニズム的絵画とは一線を画している。当時のネーデルランドには、一六世紀前半に登場したパティニールによって創始された風景画の分野が存在しており、それは一七世紀に結実するネーデルランドの新しい風景画の一源泉であった。ブリューゲルは、このパティニールに触発され、ロマニズムの影響の濃い一六世紀後半のネーデルランド絵画の流れに逆らいつつ、風景画を制作したと考えられる。

ロマニズムとブリューゲル

このように制作されたブリューゲルの風景画は、しかしまたイタリア的教養、すなわちロマニズムとまったく無縁ではない。一見風景画とも見える「イカロスの墜落」は、現在の我々が想定する風景を画いた印象派の絵画とは違い、小さいとはいえ海に沈むイカロスの姿が描かれることによって、単なる風景画ではないものになっているからだ。

幸福が、ブリューゲルの風俗画や風景画について強調するのは、彼が、当時のネーデルランド絵画のメインストリームであったロマニズムに拮抗するネーデルランド独自の絵画のあり方を意識し、風俗画や風景画を描いていたということだ。こうした理由から、風景画とも見まがうような構図の絵により、「イカロスの墜落」というギリシア神話を主題化したのだ。

「十字架を運ぶキリスト」

この「イカロスの墜落」と並んでブリューゲルの絵にはもう一つ不思議な絵がある。「十字架を運ぶキリスト」（ウィーン美術史美術館蔵）である。実は、この絵も、ロマニズムというイタリア主義に対して自国のアイデンティティを意識するというブリューゲルの姿勢が顕著に表れた作品である。

この絵の不可解さも、主題となっているイエスの描かれ方にある。ゴルゴタの丘まで十字架を自ら背負い歩むイエスの姿を描いたこの宗教画もまた、本来中心人物であるはずのイエスの姿は、中央に画かれているものの、小さく画かれているだけで、「十字架を運ぶキリスト」という題がなければ、何かの見物に集まる無名の群衆を画いた風俗画と見えてしまう。

題名からして、この絵は宗教画である。つまり物語画である。しかし、肝心のイエスの姿が小さく描かれることで、この絵は宗教画、物語画でありながら、通常の宗教画とは一線を画す絵になっている。そこにロマニズムに対して、ネーデルランド独自の絵画を描こうとするブリューゲルの意図が現れていると幸福は指摘する。

ネーデルランド絵画の独自性追求

ブリューゲルの風俗画や風景画は、名も無い市井の人々の日常や自然の美しい光景を画くという今日的な視点に基づく風俗画や風景画でない。ロマニズムという当時の絵画の主潮流に抗してネーデルランド独自の絵画の領域を確立せんとして描かれたものなのだ。

ここまで、主に幸福輝の考察に依拠し、美術史的観点からブリューゲルの二つの絵画について述べてきた。幸福によれば、ブリューゲルの二つの絵は、イタリア絵画に由来する伝統に抗して新しい絵画領域を切り開こうとしたことの現れということになる。しかし、幸福の考察では、解けない疑問が残る。なぜ、ブリューゲルは、日本でも人気の高い「雪の狩人」や「子供の遊戯」のような歴史画や宗教画的要素のない風景画や風俗画を描いているにもかかわらず、題がなければ、風景画や風俗画と見間違えるような絵を画く方法をとったのか。

「イカロスの墜落」に残る謎

この問題を、とりわけ「イカロスの墜落」について、中野京子は、当時のネーデルランドの社会情勢と結び付けて論じている。

中野は、当時のネーデルランドは「スペイン・ハプスブルク家の圧政に喘いでいた」と指摘する。「太陽たるフェリペ二世に歯向かった者たちは死屍累々、彼らを幇助した者はもちろん、彼らに喝采を浴びせた者さえ厳しい制裁が待っていた」。だから、「イカロスの墜落」に描かれた農夫たちが、イカロス失墜という事件から視線を逸らしたように、当時のネーデルランドの人々が生き残るためには、「何も見ない何も聞かない」とすることが必要であったとする（『怖い絵3』）。一見風景画や風俗画とも見まがう「イカロスの墜落」や「十字架を運ぶキリスト」は、当時のネーデルランドで起きていた、社会情勢、事件から目を背けるという当時の民衆の態度を象徴的に示していたというのだ。

とすれば、一見風景画と見えるような絵画は、イカロスの墜落のような事件から目を背けることで成立したということになる。

震災後の小説と「イカロスの墜落」

こう確認した上で、再度「イカロスの墜落」および「十字架を運ぶキリスト」について考えてみたい。もちろんそれは、絵画に関する考察を展開するためではない。震災以後の小説について考える上で、このブリューゲルの絵画は、大きな示唆を与えてくれるからだ。

ならば、これらの絵が与える示唆とはなにか。

両画とも、それぞれギリシア神話のイカロス失墜と聖書におけるキリストの磔刑死という事件を主題化したものである。しかし、繰り返すが、二つの絵画とも、それぞれ「イカロスの墜落」「十字架を運ぶキリスト」という題がなければ、そうした事件を画いた絵だとは容易には把握できない。「イカロスの墜落」は、風景画に、「十字架を運ぶキリスト」は、何かの見物に集まる市井の人々を画いた風俗画に見えてしまう。

これは何を意味するのか。美術史的視点から離れ、この絵を見たとき、われわれがここで想起したいのは、柄谷行人が『日本近代文学の起源』で指摘した「風景の発見」という事態であった。

「武蔵野」における風景発見の意味

柄谷行人は、「武蔵野」を通じてそれまで顧みられることのなかった風景に独自の価値を見出した国木田独歩の「忘れえぬ人々」を取り上げて、こう指摘している。

ここには、「風景」が孤独で内面的な状態と緊密に結びついていることがよく示されている。この人物は、どうでもよいような他人に対して「我もなければ他もない」ような一体性を感じるが、逆にいえば、眼の前にいる他者に対しては冷淡そのものである。いいかえれば、周囲の外的なものに無関心であるような「内的人間」inner man において、はじめて風景が見出される。風景は、むしろ「外」をみない人間によって見出されたのである。

「風景」は「外」を見ない人間によって見出されたと柄谷行人は指摘する。柄谷のこの指摘をブリューゲルの二つの絵に当てはめると、どうなるか。

ブリューゲルのこれらの絵画は、イカロス失墜やイエスの磔刑死という事件を背景とし、それらがあたかも主題ではないかのように、たとえば「イカロスの墜落」において最も大きく画かれた農夫が、イカロス失墜に目もくれないことによって、また、「十字架を運ぶキリスト」は、物見遊山気分で浮かれながらゴルゴタの丘へ向かう民衆たちが、本来彼らがこれから目にすることになる、苦しげな様子で十字架を運ぶイエスに目もくれずにいることによって成立していた。これら二つの絵に画かれた「風景」や「風俗」は、柄谷の指摘に依拠すれば、イカロスの墜落やイエスの死といった事件、「外的なものに無関心である」ことで生まれたと、換言できよう。

翻って、ブリューゲルを媒介にすると、また、柄谷行人の「風景の発見」についての指摘は、以下のように書き換え可能であろう。中野京子が「イカロスの墜落」における農夫たちの様子について指摘したように、風景は、そして近代文学は、その背後で発生している事件から眼を逸らすことで成立したと。

事件からの逃走と風景

外部で発生する事件から視線を逸らすことで近代文学が成立したという説は、実は国木田独歩の歩みに当てはまる。

「武蔵野」や「忘れえぬ人々」を発表した一八九八（明治三一）年までに独歩は何をしていたか。一八九四（明治二七）年に独歩は、徳富蘇峰の主催する国民新聞社に入社し、日清戦争の従軍記者として戦地に赴く。帰国後、最初の妻信子（後に有島武郎の『或る女』のモデルになる女性である）と出会い、信子の母親の反対を押し切り一八九五（明治二八）年、結婚に至る。しかし、結婚後信子は心変わりし、失踪する。一八九六（明治二九）年には短い結婚生活に終止符が打たれる。その後二カ月ほど京都で過ごした後の九月にワールドカップやハロウィンのたびごとに若者が大挙押しかける現在の渋谷とは程遠い武蔵野の原野が広がっていた渋谷に居を構える。そこでの経験が後の「武蔵野」に結実することになる。

独歩が、最初の結婚に破れた傷心を抱え自己を省みつつ、つまりは「外」を見ず、武蔵野の原野に美を見出した一八九六年に、外部では何が起きていていたか。信子と離婚した独歩が京都に向かった六月、二〇一一年の東日本大震災としばしば比較される三陸大津波により二万七〇〇〇人ほどの犠牲者が出ている。また、独歩が渋谷に住み始めた九月には台風による被害で東海地方を中心に一五〇〇人を超える死者が出ている。さらに同じ時に栃木県の渡良瀬川で大洪水が発生、足尾鉱山からの鉱毒により大被害が出て、東京の本所まで夥死魚類が漂流したという（河出書房新社『明治・大正家庭史年表』による）。

この頃独歩は何を考えていたのか。武蔵野の原野が広がる渋谷の風景に触発され、「武蔵野」を書いた国木田はその当時の自身の心境についてこう語っている。

> われは政治家たるべき修養なし。われは牧師たるべき修業なし。われは唯詩人たるべくのみ今日まで発達し来れり。吾は此の運命に満足す。
> （「欺かざるの記」）

独歩は、「政治家たるべき修養」を積まず、つまり「外」を見ず詩的世界に沈潜していた。もちろん、インターネットはおろか、テレビもラジオもないこの時代に日本の各地で発生した事件に独歩が関心を持たないのは致し方ない面もある。

しかし、独歩自身、もともと内省的な人間ではなかった。独歩は、少年期の自分について「功名心が猛烈な少年で在りまして、少年の時は賢相名将とも成り、名を千歳に残すといふのが一心で」（「我は如何にして小説家になりしか」）あったと語っている。何より、「武蔵野」や「忘れえぬ人々」を書いた一八九八年の後半には報知新聞社に入社し、「小説家になる気は全くなく政治家になるつもりで政党の人たちと紅葉館に飲みに行つてゐた」（『定本国木田独歩全集　別巻二』）とされるからだ。

誤解されないように断っておくが、風景が社会的事件から視線を逸らすことで成立したと指摘することで、伊藤整が、私小説作家は社会から撤退して文壇という狭い世界でのみ生きようとした逃亡奴隷だとして批判したように、独歩を糾弾したいのではない。

国木田独歩から沼田真佑と松浦理英子へ

ここまでブリューゲルから始めて国木田独歩まで書き継いできたのは、とりもなおさず、二〇一七年上半期に現れた二つの小説すなわち沼田真佑の『影裏』と松浦理英子の『最愛の子ども』について語りたかったからだ。より正確に言えば、東日本大震災を、これまで大震災を扱った小説とは違う角度で照射した小説として取り上げたかったからだった。結論から言えば、この二作は、ブリューゲルの「イカロスの墜落」のように事件を背景として描き出した点において特筆すべきだということである。

ならば、この二作において、背景として震災が捉えられているとはどういうことか。

2 希薄な関係性がもたらす不可視の死——『影裏』

『影裏』

沼田真佑の『影裏』は、冒頭主人公の「わたし」が川釣りに行く描写から開始される。続いてそれは日浅という会社の同僚との二人での釣行であること、「わたし」は東京から岩手に出向という形で来たこと、さらには日浅との出会いまで巧みに織り込まれ語られる。

そこではまた、日浅が「それがどういう種類のものごとであれ、何か大きなものの崩壊に脆く感動しやすくできていた」と、後に日浅が釜石の海岸で多分海釣りの際に発生した巨大地震とその三〇分あまりに後に東北の太平洋側の海岸を襲った三〇メートルを超えたであろう大津波に飲み込まれ犠牲になったことが暗示されている。

しかし、岩手に来てただ一人と言ってよい「友人」の日浅は、「わたし」と知り合った一年と四カ月あまり後に退職し、「わたし」の前から姿を消す。

四カ月後に日浅は、アイシンという冠婚葬祭等をとりしきるらしい会社の契約営業社員として「わたし」の前に姿を現す。さらにその二カ月後、ノルマ達成のため「わたし」にも一口の契約を依頼する。そしてその一カ月後の九月、日浅の誘いで釣りに出かけることになる。この川釣りは、二人が言葉を交わす最後の機会になるのだが、それは気まずい雰囲気のまま終わる。仕事のためかあるいは、後に明らかになる彼の過去に関わる事件からか苛立ちを隠せない日浅が発した、「わたし」がこの釣りのために買い揃えた道具類の高級さを「わたし」が東京の親会社から派遣された安楽な地位にあることと結び付け、揶揄する言葉を発したからだ。

日浅との関係以外でも、この小説においては、「わたし」が性的マイノリティであること等が示唆されているが、何より注目すべきは、日浅と最後に釣りに出かけてから六カ月後の震災で日浅が津波の犠牲になったらしいことが、「わたし」の会社のパートの西山さんから伝えられた以降である。

「わたし」は、日浅の消息を求め、震災から三カ月後、日浅の父親のもとへと赴く。

そこで明らかになったことは、日浅が学歴を詐称していたこと、それをネタに日浅の大学卒業証書を偽造した者から父親が強請られていたこと、また日浅は、父親を欺し、合格した東京の大学に入学せず、にもかかわらず父親から授業料や生活費を四年間送り続けてもらっていたこと等である。父親は、この裏切りを知り、息子とは縁を切った、だから仮に息子が釜石で津波で死んだとしても捜索願は出さないと告げる。

家族から見放された行方不明者

震災後、われわれが耳にし目にした、犠牲者の遺族等の様子は、愛する者を失った、その喪失の辛さ、耐えがたさを伝えるものが中心であった。

しかし、沼田真佑が『影裏』で描き出したのは、報道された事態とは正反対の有り様だった。家族から見放され、その死、喪失を痛みを以て受け取ってもらえない、そういう行方不明者の姿だった。

実際、今でも、岩手県のホームページには、五〇名を超える身元不明の遺体情報が掲示されている。

それらの亡くなった人々は、生前から身寄りのない人だったかもしれないし、『影裏』の日浅のように、家族との繋がりを断ったか、あるいは断たれたかして、捜索願の出されない人かもしれない。ただ、いずれにしろ、家族からその死を堪え難い喪失として受け止められた多くの人びとの裏側で、現実に日浅のような人がいたとしても不思議はない。

震災発生後、被災地の様子を伝える報道は、避難所において人々は、救援物資の配給を秩序を乱すことなく受けていたとか、少ない食糧を皆で分け合ったといった、被災者の慎ましさや優しさを伝えるものばかりであった。その様は海外にも称賛を以て伝えられもした。また、非常時においてそうした互助精神が発揮された様は、レベッカ・ソルニットが指摘した災害ユートピアを具現化したものとして語られもした。

語られなかった被災地の実情

しかし、被災地の実情は、そのような報道とはまるで異なる側面も持っていた。

石巻の高校生（震災発生時は小学生）が避難所で見たのは、「配給場所に群がり、物資を取り合っていた」大人たちの姿であり、その結果子どもたちまで物資が回ってこないという、報道された様子とはまるで異なる様であった（『16歳の語り部』）。福島第一原子力発電所による放射能汚染によって避難区域となった浪江町などでは、無人化した地域で空き巣が多く発生したと震災発生後数カ月して伝えられるようになったが、この『16歳の語り部』においては、津波の被災地でも空き家となった家への窃盗がしばしば発生し、それを防ぐため命がけで壊れた家に寝泊まりしていた被災者がいたことが記されている。

こう書くと、折角癒えかけた被災者の傷をえぐるようなことになるかもしれない。しかし、『16歳の語り部』の高校生が指摘しているように、被災地の様子がマスメディアを中心に美化して語られることは、それとはまるで違う被災地の実情を身を以て体験した人々が自分たちの経験について語ることを抑圧することになる。それが、むしろ震災からの立ち直りを困難にしてもいるのだ。

『影裏』の描いた被災地の姿

沼田真佑が『影裏』で描き出したのは、これまで多くの作家が描いてきた、読者に紅涙を絞らせるような震災の悲劇の語りとは明らかに異なる。日浅の死は、父親にその死を悼まれないどころか、「わたし」に対して日浅の父親が最後に発した「息子なら死んではいませんよ」という言葉に示されているように、その死すら認められない、そんな有り様であった。

こうした日浅の死は、「イカロスの墜落」をそのままなぞるものである。墜落するイカロスの姿は、彼とその父の飛翔に驚愕する羊飼いと漁師そして農夫によって本来目撃されるものであったのだが、この絵においては、三人ともあらぬ方向に視線を向けていることでその失墜は目撃されなかった。あまつさえ、そこには『変身物語』においてその墜落と死を最も衝撃をもって受け止めた父ダイダロスさえも描かれていない。「イカロスの墜落」における子イカロスの死は、農夫ら第三者に認知されなかっただけではなく、父であるダイダロスにすら見られることがなかった。そのイカロスと同様に、『影裏』における日浅の死も、父親によりその死が否認されることで、発生すらしていないことになっている。

ここでもう一つ指摘しておくべきは、日浅の死にこだわる「わたし」にとってもまた、日浅に起きた事態は他人事ではなかったということだ。岩手に転勤してきた「わたし」には、日浅以外に親交のある者は誰もいなかったということが小説においてしばしば指摘されていた。日浅が退職した後、釣り仲間を失った「わたし」は釣りのイベントに参加するも、結局そこに「居合わせたほかの誰とも満足に、世間話ひとつできな」かったほどだ。

桎梏としての絆

震災発生直後から頻繁にメディア等で言及された言葉は、「絆」であった。その重要さが震災発生後指摘されたのだが、「絆」とは、頸綱を語源とするともされ、馬や犬、鷹などの動物を繋ぎ止める綱が第一義である言葉だ（小学館『日本語源大辞典』）。「絆」とは、人と人を結び付ける紐帯であると同時に人を縛り付ける桎梏でもあった。

岩手への出向が命じられたとき、「わたし」が「心底ほっとした」のは、東京で築いてきた「絆」から解き放たれるからではなかったか。だからこそ「わたし」は、岩手という異境の地において多くの人間と交わらなかったのだ。それは、「わたし」だけではない。現在の日本の都市で暮らす多くの者は、「絆」と呼べるような濃密な結び付きよりも希薄な関係性をこそ望んでいるのではないか。そうした関係性は、都市生活がわれわれにもたらす自由な空気の一源泉である。だが、災害などの緊急時は、そうした希薄な関係性の中で生きる人間を一気に弱者へと追いやる。

イカロスになった行方不明者

日浅以外いやその日浅とすら仲違いに近い状態で別れたのだから、岩手には、「わたし」の安否を気に掛ける人間は皆無に近かった。もし、震災の日に釜石にいたのが、日浅ではなく、「わたし」であったなら、「わたし」の遺体もまた、身元不明の遺体として登録された可能性が高い。「わたし」もまた誰にも知られずに水没していくイカロスになった可能性があったのだ。

東日本大震災における一万八〇〇〇人を超える死者・行方不明者の中で、日浅のような死に方をした者は、一％にも満たないかもしれない。しかし、大都市であればあるほど、日浅のようなあるいは「わたし」のような生を営む者は飛躍的に増えるはずだ。とすれば、『影裏』は、大都市で震災が発生した場合の死の可能性を描いたともいえよう。

東日本大震災の経験は、愛する者が突然眼の前から消えるという、あり得べからざる悲劇的体験として、直接的被害を受けていない多くの人間の心に刻まれた。だが、それと同じくらいあるいはそれ以上に深刻に、都市に暮らす者は沼田真佑が『影裏』で描いた震災の経験を心に留めておくべきだろう。イカロスのように誰にもその死を認知されず、あたかもその死すらなかったかのようにみなされるという驚愕すべき経験として。

3　しあわせの処方──『最愛の子ども』

『最愛の子ども』

沼田真佑の『影裏』は、震災の経験をこれまでの震災を描いた小説とは異なる側面から描いていた。ならば、松浦理英子の『最愛の子ども』は、震災をどのように描いたのか。

女子高校生が主な登場人物である『最愛の子ども』で震災について言及されるのは、小説の最後において、以下のようにである。

三月十一日に起こった大震災とわたしたちの心の乱れについてもここで語るのは場違いだ。

震災には触れないという形で言及される。この『最愛の子ども』において、震災は、「イカロスの墜落」のイカロス同様、注意しないと見落とされかねない事件として、背景化されている。

なぜこの小説においては、震災が背景化されるのか。

背景化される震災

松浦は、震災発生一年後の『新潮』での「震災はあなたの〈何〉を変えましたか？／震災後、あなたは〈何〉を読みましたか？」というアンケートに対して、「自覚できる限り、私の世界観・人生観・

人間観・文学観また問題意識などの根本は震災前とほとんど変わっていないと思います」（二〇一二年四月号）と語っている。

とすれば、震災については言及しないという形で否定的に語るのは、ちょうど「イカロスの墜落」の農夫が、『変身物語』に従えば注ぐべき視線を墜落するイカロスから逸らしたように、震災は松浦の「世界観・人生観・人間観・文学観または問題意識などの根本」を揺るがせるものではなかった、つまりはあえて作家である松浦が言及するに及ばぬ事件であったを誇示するためなのか。

もちろんそうではあるまい。たとえば、それは、登場人物の一人である二谷郁子のクリアファイルが「日本ハムファイターズの帽子をかぶったダルビッシュ有選手」であると記されていることに示されている。ダルビッシュは、二〇一一年すなわち震災の起きた年に日本球界を去った。だから、この小説の舞台は、それがいつとも知れぬ不分明な時間ではなく二〇一一年以前の物語であることがそれとなく示唆されていることになる。

ならば、再度問おう。なぜこの小説は、「イカロスの墜落」のイカロスのように、絵の中の登場人物からも目撃されず、さらにはイカロスの墜落自体も、その題名がなければ見落とされかれないほど小さく描かれたように、震災を小さな背景として言及しているのだろうか。

それは、いうまでもなく、この小説のしつらえに関わっている。

『ボヴァリー夫人』と『最愛の子ども』

すでにいとうせいこうが『文學界』（二〇一七年六月号）で指摘したように、この小説は、フローベールの『ボヴァリー夫人』の「わたしたち」という一人称複数の語り手のように、「わたしたち」が、級友が教室に入ってくるのを待っているところから始まる。しかし、フローベールの『ボヴァリー夫人』においては、この「わたしたち」はその後登場しない。『ボヴァリー夫人』は、語り手がその存在を誇示したそれ以前の小説とは異なり、後の近代小説の常套手段となる語り手が不可視化した、いわゆる「客観描写」リアリズム小説となっていく。それに対して、この『最愛の子ども』においては、その後も「わたしたち」という視点は登場し続ける。

この「わたしたち」の意味には後で触れる。その前に着目すべきは、単行本の三二〜三三頁に提示された「主な登場人物（配役表）」においてゴチックで提示された「**舞原日夏　パパ／今里真汐　ママ／薬井空穂　王子様**」の三人である。

「わたしたち」がその教室への帰還を待っていた真汐は、「女子高校生らしさとは」という愚劣なテーマの現代文の課題作文についてその愚劣さを作文であげつらったために教師から呼び出され、職員室に行っている。

われわれの生きる社会は、無意味なこと、愚劣なこと、むしろ人の心をささくれ立たせるためにあえてもうけられているのではないかと思われる事柄に満ちている。真汐らに課せられた「女子高校生らしさとは」といった作文は、その好例だ。高等女学校への進学率がせいぜい二〇％あまりであった戦前ならばまだしも、高校への進学率が九〇％を優に超える現在、女子高校生であることの意味を問う必要性はほぼなかろう。真汐の作文（正確にはその下書きらしきもの）にあるように男子クラスの生徒には「男子高校生らしさとは」という作文を課していないらしいから、この課題自体、セクシズムの可能性が高い。

愚劣さとともに生きる

しかし、真汐の級友たちが話しているように、無意味なこと、愚劣なことにいちいち反応していたら、周囲との軋轢を生むばかりで、かえって自身の社会における立場を窮屈なものにしていく。だから多くの人は、それが無意味、愚劣と分かっていても、あえてそれを指摘せずに生きていくことで己を守っている。だが、真汐はそうした世知に長けた振る舞いそのものが許せない。

こうした真汐の、人間としての真っ当さ、一途さを理解し、愛し、そして、そうした彼女が生み出す社会とのきしみから彼女を守ろうとするのが日夏である。

真汐と日夏との出会いは、真汐にとって日夏がまるで守護聖人のように、教育とは自身が望ましいと思うあり方を生徒らに強制すること（もちろん当の本人はそれが生徒にとって最善のことと信じているのだが）と思い込んでいるような教師から守ってくれたことから始まる。

それは、真汐らが、彼女らが通う中高一貫の玉藻学園の中学三年生の頃、北米から来た交換留学生の送別会の時にさかのぼる。留学生を送るために練習した英語の曲をクラスで披露した際、留学生もその歌に加わり、意図せざる自然な盛り上がりの中でその会が終わろうとした。その時、ある体育教師が、全員で手をつないで舞台に上りその手を高く振り上げ連帯のポーズをとるように指示する。そこにいた真汐は、自己の欲望充足のために会の雰囲気を台無しにするだけでなく、生徒の自由意思を踏みにじろうとしたとしか考えられない教師の横暴を見逃すことができず、一人そこから離れようとする。その行動を目ざとく見つけた教師は、真汐を呼び止めるが、真汐はそれをも無視してそこから離れようとする。日夏はそうした真汐の肘をつかむが、なおもその場を立ち去ろうとする真汐の頬をビンタした。それにより真汐は列に戻り、事なきを得た。

真汐の、学校における、とりわけ教師連中からの扱いが危機的になる事態から彼女を守った日夏の行動を切っ掛けに二人の仲は急速に接近し、クラスメイトから「夫婦」と呼ばれるような関係になる。そして高等部からの入学であまり目立たなかった空穂が、皆で行ったカラオケでマイケル・ジャクソンのデビュー曲を見事熱唱したことから注目を集めるようになり、日夏と真汐の子供という地位を確立することになる。

擬似家族としての日夏・真汐・空穂

日夏、真汐、空穂は、こうして「親子」とみなさるようになる。そしてこの親子の間では、そう呼ばれる相応しくエディプス的状況が生まれる。日夏と空穂との接近に、真汐が疎外感、嫉妬心を持つのだ。松浦の設定が卓抜なのは、日夏には性的マイノリティの資質があるが（おそらく松浦は、マイノリティ／マジョリティあるいはホモ／ヘテロという分断的発想自体に否定的であろうが）、真汐にはそうした傾向がないため、周囲が思っているように二人の関係に肉体的なものはないことだ。日夏は出来るならば、真汐とそうした関係になることを望んでもいるようだが、真汐にはそうした欲望は欠落している。その空隙に入り込んできたのが空穂である。空穂の家は母子家庭であり、母親の伊都子は看護師という夜勤も多い仕事についている。それもあって、伊都子は家を空けることが多く、空穂は母親らしいことをしてもらっていない。それどころかしばしば打擲されたりしている。そんな空穂の面倒を日夏は見てやろうとしてしばしば伊都子が夜勤のとき泊まりに行ったりする。最初はそのお泊まりに真汐も参加するが、三人でじゃれあっているとき、日夏と空穂が親密に触れあっている様子を察知し、それ以来二人と距離を取るようになる。

擬似家族の解体

日夏は、性的マイノリティの資質があるだけでなく、「愛撫の天才」と呼ばれるほど、触れ方が上手い。空穂の日夏への愛着を深まりは、その触れあいの心地よさつまり肉体的な面によるが、心理的な面でも日夏への思いを強めていく。だがまた空穂は日夏が自分よりも真汐を思っていることも察知している。この二人の関係は、仕事人間の夫が家を留守にしがちにすることで母親が満たされない思いを息子へと振り向けるという、かつての日本に多く存在した母子密着型家庭を彷彿とさせもする。

こうしたバランスを失いかけた「ファミリー」を最終的に解体へと向かわせるのが、空穂の母伊都子である。その日も夜勤で家を空けるはずが、夜勤がなくなり家に帰宅したところで空穂と日夏がキスしている場面を目撃する。日頃から、空穂が自分以上に日夏になついていることに嫉妬していた伊都子は、その鬱憤もあり、娘が日夏に誘惑されたと学校に告発に行く。同性間の不純交遊という難しい事案に対応を苦慮した学校側は日夏に無期限の停学処分を下す。

空穂も日夏も何もなかった、母親の見間違いあるいは妄想だと言えば、処分が下されることもなかったはずだ。しかし二人はそうしなかった。小説ではその間の経緯をあえて描写しない慎ましさを維持している。それは素晴らしい。作家が折角見せた謙譲さに反するようで心苦しい限りだが、ここではなぜ彼女たちが、母伊都子の告発を否定しなかったか触れておこう。彼女たちが、伊都子の告発を否定しないのは、愛ゆえであろう。

日夏は、空穂と二人でいたとき自身にレズビアンとも思われる性的欲望について、語っていた。空穂にはそうした傾向が必ずしもあるわけではなさそうだが、空穂が日夏に持つ感情は友情という域を超えたものであった。だから、空穂は日夏の望む関係をそこでもとうとした。また、日夏も自身の正直な性向を受け入れてくれる空穂に、真汐への思いとは異なるが、愛おしさを感じていた。そうした両者の思いが重なったところでの口づけであった。とすれば、その行為をあたかもなかったこととして、母伊都子の誤解として語ることとは、両者の思いを汚すことになる。

もうひとつ忘れるべきではないのは、空穂の母への思いだろう。彼女を否定することとは、母親の愛(といっても伊都子の場合の愛はかなり身勝手で自己愛の裏返しのようなものだが)を拒絶することになるからだった。虐待に近い行為を受けながらも空穂がここまで成長するのに伊都子の存在は不可欠であり、伊都子のとった行動も、歪んだものであってもやはり愛ゆえであるには違いないからだ。

結局、日夏は、クラスメイトの美織の両親の勧めもあり、学校を退学し、高卒認定試験を受けた後、自身が同性愛者であるかもしれないことも含め自身の性向に向き合うため、ロンドンに行くことになる。

日夏の旅立ちと背景としての震災

一月に日夏のロンドンへの旅立ちを見送った後、真汐も空穂もそれぞれの進路が決まっていく中で、この章の冒頭で掲げた東日本大震災についての言及がある。

批評的見解を加えつつ、ここまでこの『最愛の子ども』の内容を紹介したが、女子高校生の姿を描いたこの小説は、大震災とまるで関わりのないものである。真汐と日夏と空穂らが離れ離れになる切っ掛けである日夏と空穂の事件の結末も、伊都子と空穂の対決あるいは学校側と日夏らとが直接対峙する場面といった「小説」らしい見せ場もなく終わる。日夏の退学は大きな出来事とは言えようが、それすら煩わしいことからの逃走と言えなくもない。人によると肩すかしを食らわされたように思われるかもしれない。つまり、この小説で描かれた出来事は、事件と呼ぶに値しないほどのことだろう。ならば、そうした「小さな」出来事を描いた小説の最後で、なぜあえて「大事件」である震災に言及するのか。

数値化を拒む悲哀

二万人近い死者行方不明者がでて、津波で多くの人々が家を失い、さらには福島第一原発事故で強制的に故郷から避難せねばならなくなった人々、放射能を恐れ自主的に転居した人を含めれば、何十万という人がこの震災で大きな被害を受けた。

家族を失った者、家を流された人々に比べれば、日夏たちの経験した苦難は、それを苦難と呼ぶのが躊躇われるようなことに見えるかもしれない。しかし、一口に家族を失った者といっても、沼田真佑の『影裏』が描いたように、その死を認知すらされないそんな人々も確かにいた。また被災者の有り様も、レベッカ・ソルニットのいう災害ユートピアのような状況にあったような人もいれば、『16歳の語り部』の高校生が語ったような、人間の生存欲をむき出しにした人々もいた。家族を亡くした、被災者だといってもその数だけ、悲しみ方、苦しみ方があったはずだ。どのような家族の失い方が最も辛く、どのような被災が最も悲惨かなどと比較することなど無意味だろう。それぞれが、それぞれのあり方で悲しみ、苦しんでいる。

とすれば、震災や津波で家族を失った者たちの苦しみに比べて、日夏が直面せねばならなかった苦しみ、真汐が日夏がロンドンへ旅立つことで味わわねばならなかった喪失感が、より取るに足りぬとは決していえないはずだ。

真汐は旅立った日夏を思い、自分のような意固地な人間に日夏のように接してくれる人間は二度と現れないだろうと思い、日夏の存在の大きさを再認識する。そしてそんな日夏はこれからも愛する人に出会うだろうと思い嫉妬にかられ、さらにこう思う。

まだまだ心の鍛え方が足りない、と反省した後、だけど、と真汐は考える。心を鍛えるだけでは幸せに生きて行くのには充分ではないのだ。いったいどれだけ賢ければ波風立てずに生きて行けるのだろう。どれだけ美しければ世間にだいじにされるのだろう。どれだけまっすぐに育てばすこやかな性欲が宿るのだろう。どれだけ性格がよければ今のわたしが全く愛せない人たちを愛せるのだろう。気が遠くなる。楽しいことばかりではない道が目の前に果てしなく続いている。

真汐が日夏を失ったことの悲しみと震災で家族を失った人の辛さを比べても意味はない。だが、震災発生時に人は、被災者に比べれば自分たちの苦難など取るに足りぬと思わなかっただろうか。そのように「心を鍛える」ことで苦難を乗り切ろうとはしなかっただろうか。だが、真汐が言うように「心を鍛えるだけでは」人は幸せになれない。賢さ、美しさ、育ちの良さ、性格の良さ、それらは人が人から愛される者であるための条件である。そして真汐は、そうしたものを充分には持っていない。そうしたものの重要性に気が付いたときには、すでにそれらを手に入れるには手遅れの環境にいる自分を見つけたことだろう。だからそれらは失われたものともいえる。そうした失われたものがなくとも、幸せになれることを日夏との出会いは気付かせてくれた。だからこそ、日夏の旅立ちは、ことさら大きな痛手であり、その失われたものの大きさを再認識させられもするのだ。もちろん、上手くすれば今後真汐もそれらのいくつかを手に入れて幸せに生きられるかもしれない。だが、それらを獲得するまであるいはまた日夏のような人間に出会うまでの歳月を思うと気が遠くなる。

心を鍛えても

震災の被害者もまた、このように失ったもの、手からこぼれ落ちてしまったものを思い悲しみ、それが再度手に入れられるまでの日々の遙かさを思い打ちひしがれたのではないか。

だから、真汐の喪失感と被災者の喪失感とは比較しても意味がないし、人との比較と通して自身の傷を小さなものと見なすという「心の鍛え方」は、不必要とは言わないが、一時しのぎに過ぎない。

こういったからとて、だから震災のこと、被災者のことを忘れてもよいというわけではないし、被災者の負った物心両面での痛手を過小評価してよいというのでもない。

復興支援、被災者への思いを抱くことを否定するのではないが、同時にわれわれは限界というものにも思いを致す必要があるだろうということだ。

「イカロスの墜落」において描かれた水没するイカロスのように、なぜ震災を『最愛の子ども』では震災については触れないという形で提示したのか。「イカロスの墜落」の農夫や漁師たちは、イカロスの墜落を目撃していないと述べた。しかし本当は知っていたのかしれない。あえて目を向けなかったかもしれない。

なぜか。

この絵には、父親のダイダロスが描かれていないと述べた。ダイダロスがいないのは、父親ですら、水没するイカロスの救出を不可能だと思い、その場を立ち去ったからではないか。とすれば、ダイダロスすら救出できないイカロスを一介の農夫や漁師らが救うことは困難だろう。彼らがイカロスの方を見ないのは、自分の非力さを知っているからだ。これは仕方がないことだと自分に言い聞かせ納得しようとしているのではないか。それは真汐のいう「心を鍛える」ことである。そして目の前のなすべきことをなすしかない、そういう思いで牛に鋤と引かせ、釣り竿を海へと投げたのではないか。

背景化する悲しみ

家族を失った人々の辛さにどれほど思いを寄せても、その人にわれわれは成り代わることは出来ない。水没するイカロスはいかに哀れであっても、農夫はイカロスになり得ない。そして家族の死を嘆くのも、それは生者だからこそ出来ることであって、死者は自分の死すら嘆くことは出来ない。

イカロス失墜のような大きな事件もいずれは、「イカロスの墜落」のように記憶の片隅に留まるようなものになっていく。大震災の経験も例外ではない。あえて言えば、家族を失った者の悲しみもいずれは遠いイカロス失墜のようなものになっていく。愛する者を失った当初は、その耐え難さ、辛さから、自分も生きてはいけないと思う。食べるものも味気なく、何をしても手に付かない。しかし、時が経つと少しづつ、食べ物の味が分かるようになり、長らく忘れていた笑顔が浮かんだりもするようになっていく。あれほど堪え難いと思っていた愛する者の死の実感が少しづつ薄れ、遠のいていく。そこで人はそうした自分を責めもするが、やがて日常に復帰した者は、自分が死者を死者として置いてきぼりにしたことすら忘れるようになっていく。イカロス失墜が遠い背景の一部として描かれたように。

松浦理英子の『最愛の子ども』において震災が背景化されのも、震災を忘却せよとか、過大視するなということではなかった。被災者と被災しなかった者の間には、同情や連帯といったことでは超えられぬ溝がある。それは震災で死んだ者と生き残った者との間にもある。どのような形であれ生き残った者は、「イカロスの墜落」のように事件を後景化していくのだ。そうした、忘恩の振る舞いを肯定すること、いや不可避な生の条件として受け入れること、それが震災については語らないという形で震災に触れた『最愛の子ども』における、震災を描く流儀である。

4　励ましとしての小説

「わたしたち」の意味

最後に、前節の冒頭で掲げた『最愛の子ども』における「わたしたち」という視点の問題という問いに答えておく必要がある。

なぜこの小説は、フローベールの『ボヴァリー夫人』と同じ「わたしたち」が教室で級友の入室を待っているという設定で始まりつつ、『ボヴァリー夫人』においてはその後「わたしたち」という視点が消失したのに対して、『最愛の子ども』においては、「わたしたち」という語り手が登場し続けたのか。

語り手の消滅・不可視化は、その小説が特定の誰かの視点で語られることを読者に忘却させる。それはその小説が客観的視点によって構成されているという幻想を読者に付与する。今日、小説を読む者で、語り手の存在を意識しつつ読む者は、作家か文学研究者くらいだろう。それは、フローベールの『ボヴァリー夫人』を嚆矢として、語り手が不可視化した小説が全般化したからである。語り手が不可視化することで、作家は複数の人物の内面を自由に描写することが可能になった。それまでは、たとえば一八世紀に流行した書簡体小説という形式により、複数の人物の手紙という形で様々な人間の内的な生活を描写したりした。あるいは『ボヴァリー夫人』より九年前に発表されたアレクサドル・デュマ・フィスの『椿姫』の如くに、語り手がいかにして主人公であるアルマンとマルグリットの悲恋を知ったかの説明が冒頭部で延々とされるようなことが行われた。こうした面倒な手続きが、語り手の不可視化によって不必要となり、その結果本来は語り得ない他者の内面を神のように自由に語ることが可能となった。一九五〇年代に登場したヌーヴォー・ロマンがまず批判したのは、その手の客観描写、全知の神の視点による描写であった。

幸福なときの脆さ

松浦が『最愛の子ども』で「わたしたち」という語りを登場させ続けたのは、あえてこの小説の視点が限定されたものであること、真汐や日夏、空穂たちの振る舞いを好意的な視点で描写されることが、特定の視点の使用に由来することを示すためであった。裏を返せば、当然彼女たちの関係性を否定的に捉える見方、多くの教師やあるいは空穂の母の伊都子のような人物の視点を通せば、当然彼女たちのとらえ方も違うものになる。真汐や日夏そして空穂にとって甘やかな空間は、彼女たちの有り様を好意を持って捉えてくれる「わたしたち」の存在によって支えられたものであることが示唆されている。

先に引用した、小説のラストでの真汐の言葉がわれわれの心を打つのも、「わたしたち」の視線の外に出てしまうと、真汐のような、社会における無意味な、場合によっては愚劣でもある様々な事柄に正直に反応してしまう生き方を続けることは、「気の遠くなる」ほど困難なものになってしまうからであり、真汐自身「わたしたち」の暖かな眼差しの中で持ち得た幸福な時を希有のものとして認識していることを物語っているからだ。

幸福な時とは、真汐の言葉が示しているように、様々な条件の積み重ねによって成り立っている。その条件のどれか一つでも欠けてしまえば、幸福は、脆くも崩れ去る。震災の経験は、そうしたことを今更ながらわれわれに示して見せた。だが、そのような認識を提示したところで、幸福な時が戻ってくるわけではない。家族を失った者の悲しみも癒やされることはない。

「わたしたち」という語り手を登場させることは、われわれの限界を示すこと、私は私以外の者にはなり得ないということ提示することであった。愛する者を失った人々にどれほど寄り添おうとしても、そのものに成り代わることは出来ない。

視野の限定性と外部

しかしまた、限界があるということは、その外部の存在も同時に示唆する。第1節で、風景の成立は、外部をみないこと、外部で発生している事件から視線を逸らすことで成立すると指摘した。しかし、それは決して事件を無視することでもなければ、隠蔽することでもなかった。「イカロスの墜落」が一見風景画でありつつ、風景画でないのもそこに小さくとも水没しつつあるイカロスが描かれているからであった。

近代小説における風景の成立も決して外部で発生している事件を見ないための装置ではなく、むしろ視線の限界を示唆するためであったというべきだろう。

「武蔵野」や「忘れえぬ人々」といった牧歌的とも言える小説は、三陸大津波や足尾鉱毒事件といった社会に大きな衝撃を与える出来事が発生したなか書かれたものであった。もちろんそうしたことは小説では言及されていない。しかしそれが見えないのは、われわれがこれらの小説が書かれた時代に生きていないからだ。

「イカロスの墜落」の農夫らのように、人々の視線の及ばぬ先で、イカロス失墜のような事件は日々発生し、その事件に巻き込まれた者は日常性を奪われ、大きな痛苦を味わっているかもしれない。東日本大震災のような多くの犠牲者が発生する出来事は、われわれの視野の外で発生している事件の存在を今更意識させ、日々の幸せの脆さを気づかせる。

しかし、沼田真佑の『影裏』は、こうした視野の限定性とは、別の種類の視野狭窄を指し示すものであった。一万八〇〇〇人を超える死者・行方不明者の中の一％にも満たない、身元不明の死者の存在に光を当てるものだった。愛する者を失ったという悲劇が人々の耳目を奪う中、「イカロスの墜落」のイカロスのように、人々の視野の外にある、別の種類の悲劇の存在を浮き彫りにした。

優れた小説とは、通常われわれが持つのとは別の、新たな視野を提供してくれるものである。沼田真佑の『影裏』は、そういう小説であった。

悲嘆に暮れる者へ励ましを送る小説

ただ、小説は、単に別の形での悲劇を示すためだけのものではない。たしかに、われわれの生きている世界は、悲惨な事柄に満ちている。だが、少しだけ視線を向ける方向を変えるだけで、まったく違う世界が開かれることもある。社会との軋轢を生むような生き方しかできない『最愛の子ども』の真汐が幸せな時を享受できたように。それは、稀有の時である。しかしそうした世界はやはり存在する。

悲惨な状況に傷つき、悲嘆に暮れる私たちに、大丈夫だよと微笑みながら語りかけてくれる者がいる。小説とは、苦難に打ちのめされ、怯えきった私たちに励ましを与えるものではないか。『最愛の子ども』の真汐たちが示していたのは、そのような生きる勇気ではなかったか。

終章　視線の行方——喪失の悲しみの中に

1　死者との距離

震災から八回目の三月一一日を迎えようとしている。時の経過の中で、力強く復興への歩みを進めた地域もあれば、二〇一一年三月一一日から時間が止まったままの場所もある。そうした復興進捗の濃淡とは別に、震災で愛する者を失った人の中には、八度目の春を迎えたことで、悲しみを新たにする者もあることだろう。

巡る春と震災の経験

震災前に愛する者とみた満開の桜。今年もまたいつもの春と同じように桜はきれいに花を咲かせた。しかし、かつて自分と一緒に満開の桜を愛でた人が、自分の隣にいない。そうした喪失感を循環する季節の流れは、今さら意識させることになる。

池澤夏樹は、震災直後の春、ポーランドの詩人ヴィスワヴァ・シンボルスカの詩「眺めとの別れ」の一節を挙げ、例年と変わらず花を咲かせる桜について、その無慈悲さを指摘した（『春を恨んだりはしな

い　震災をめぐって考えたこと』）。

またやって来たからといって
春を恨んだりはしない
例年のように自分の義務を
果たしたからといって
春を責めたりはしない

わかっている　わたしがいくら悲しくても
そのせいで緑の萌えるのが止まったりはしないと

（ヴィスワヴァ・シンボルスカ『終わりと始まり』沼野充義訳）

自然が無慈悲がどうかは別として、シンボルスカの詩は、劉希夷の「白頭を悲しむ翁に代る」の「年年歳歳花相に似たり、歳歳年年人同じからず」という詩句に慣れ親しんだ日本人にとっては、違和感なく受け入れられるものであるだろう。季節は、自然は、それを見る人の個人的状況に関わりなく、経巡る。再生の季節である春は、とりわけポーランドのような冬の厳しい地域で暮らす者にとっては、待ち望んだ時の訪れだ。しかし、愛する者を亡くした人にとっては、喜びの季節の再来が、愛する者の不在を殊更に意識させることになる。去年と同じように花は咲いている。なのに、去年同じ花を見た人が今年は自分の傍にいない。この同一性と差異こそ人々に喪失の悲しみを新たにさせる要因である（ただ、かつて見田宗介が指摘したように花もまた決して去年を同じものではないのだが）。

シンボルスカや劉希夷の詩が示しているように、喪失の悲しみは、一つには、もうその人とは同じ景色を堪能することも、同じ音楽に心打たれることもない、同じ話題に話も花も咲かせることも出来ないということに由来する。

喪失の経験と詩

宮沢賢治もまた、そうした喪失感を詩にしていた。賢治は、最愛の妹トシの死後一年ほど経過した後、トシの魂を求めて樺太までの旅に出た。その旅の途上での経験、思いを詩にした「オホーツク挽歌」群において賢治が詠ったのは、トシの見たものを賢治自身が共有できない欠落感だった。

たしかにあいつはじぶんのまはりの
眼にははつきりみえてゐる
なつかしいひとたちの声をきかなかつた
にはかに呼吸がとまり脈がうたなくなり
それからわたくしがはしつて行つたとき
あのきれいな眼が
なにかを索めるやうに空しくうごいてゐた

それはもうわたくしたちの空間を二度と見なかつた

（「青森挽歌」）

「オホーツク挽歌」群の劈頭を飾る、この「青森挽歌」の詩句は、「永訣の朝」などで詠われたトシの臨終の場面を想起し、記されたものである。

死の間際にあったトシの眼に映ったものを、兄である賢治は共有できない。死とは、愛する者の眼に映ったものをもう二度と共有できないということである。その喪失感から、賢治は、トシの死から八カ月ほど経った後、樺太まで、トシの見たものを追体験するためにも出かけねばならなかった。ならば、トシとの再会を、死んだトシの魂の眼に映ったものを求めての旅の結果、賢治が得たものは何であったか。

ああ何べん理智が教へても
私のさびしさはなほらない
わたくしの感じないちがつた空間に
いままでここにあつた現象がうつる
それはあんまりさびしいことだ
（そのさびしいものを死といふのだ）
たとへそのちがつたきらびやかな空間で
とし子がしづかにわらはうと

わたくしのかなしみにいぢけた感情は
どうしてもどこかにかくされたとし子をおもふ
（「噴火湾（ノクターン）」）

賢治の目からは「かくされ」てしまったトシ。そのトシの目に映っているのは、賢治が感じることの出来ない「空間」にうつった「現象」である。つまり、賢治はどんなにそれを求めても、はるばる北海道から樺太までやってきても、トシの見るものを目にすることはできなかった。その「さびしさ」こそ「死」だと賢治は今更ながらに記さざるを得なかった。

いとうせいこうの『想像ラジオ』の登場人物が小説内で繰り広げる議論においても、しばしば問われたのは、死者の声が生者に聞こえるかということであった。

宮沢賢治の一連の挽歌群そして『想像ラジオ』で主題化されていたのは、体験の共有ということであった。とりわけ、賢治の詩において繰り返し語られたのは、愛するトシの目にしたものを賢治がもはや見ることはできないという喪失の辛さであった。

愛する者の見たものを目にすることができないということ、そうした体験の共有の不可能が死ということであるとすれば、なぜ人は、そうした視線の共有の不可能を嘆くのか問わねばならない。はたまた、そうした喪失から人はいかにして回復していくことができるのだろうか。

2　共に見つめること――小津安二郎『麦秋』をめぐって

死の悲しみが、体験の共有の不可能、同じ言葉に触れ、同じものを見ることの不可能に由来するのではないかと述べた。ここでは、なぜそうしたことが発生するのかについて考察を加えていこう。いささか唐突と思われるかもしれないが、ここで小津安二郎監督の『麦秋』を挙げてそのことについて考えて見たいと思う。

『麦秋』

三年半程前に原節子の死が報じられ、それに伴い小津の作品が再注目されたが、一九五一年に公開された『麦秋』は、『晩春』（一九四九年）と『東京物語』（一九五三年）と並び原節子が紀子の名で主演したいわゆる紀子三部作の一つである。

映画の舞台は鎌倉の間宮家。間宮家は、両親と勤務医の兄とその妻と二人の子そして東京で働く原節子演じる紀子の合計七人で暮らしている。そこに父の兄が奈良から上京してくるところから映画は始まる。二八歳になって未婚の紀子のことを両親や兄は心配しているが、折良く紀子の会社の上司から縁談が持ち込まれる。良縁だと兄たちは乗り気だが、紀子の気持ちははっきりしない。紀子は、この縁談を断り、戦死した次男省二の同級生で、兄の部下である矢部との結婚を唐突に決意する。矢部には、死んだ妻との間に子供がおり、また秋田の病院への転勤が決まっている。兄に兄嫁そして両親も当初は紀子故郷の奈良で隠居暮らしすることを決め、家族は離れ離れになる。紀子の結婚を機に両親はその結婚を快く思っていないが、紀子の決意の堅さを知り、その結婚を認める。

紀子の決断

淡々と進むこの映画のクライマックスは、紀子が矢部との結婚を決意するところだ。しかし、紀子が矢部との結婚を決意する理由が映画では明瞭に語られていない。紀子が矢部との結婚の決意を表明するのは、矢部本人がいないところである。杉村春子演じる矢部の母親は息子の秋田への転勤が決まり、一人その準備に急がしい。そこに紀子が訪ねてくる。紀子に対して母親は「怒らないでね」と前置きをした後に、叶わなかった夢として「あなたのような方に謙吉のお嫁にはなって頂けたらどんなにいいだろうなんて」と思っていたと語る。それに対して紀子は唐突に「あたしでよかったら」と告げる。結婚する当人がいないところでこんな重大な話が決まってよいものかと思われるが、それ以上に不分明なのは、一体いつ紀子は矢部との結婚を決意したのかということだ。

映画において、紀子の結婚決断以前で、矢部と紀子の二人が登場する場面は、東京への通勤電車を待つ北鎌倉駅のホームでの会話シーン、続いて、ショートケーキを紀子が買って帰り、兄嫁と二人で食べようとしているところに矢部がふらりと間宮家を訪れご相伴にあずかる所である。両場面とも矢部の飾らぬ実直な人柄が示されており、紀子はそうした矢部に親しみを感じているようには描かれているが、結婚を決意するほどの強い思いを持っているようには見えない。

紀子の矢部への思いが決定的になる場面は、ニコライ堂の見えるお茶の水の喫茶店のシーンである。

秋田への、矢部の転勤が決まり、その送別会を矢部の上司でもある紀子の兄康一と紀子の三人で開くことになる。紀子と矢部は、康一をその喫茶店で待っている。矢部は、この喫茶店は紀子の死んだ兄の省二としばしば訪れた場所だったと告げる。そして、自分たちが今座っている席の奥の壁に掛けられた絵を省二と二人でよく見ていたと言い、紀子と矢部はその絵に目を向ける。矢部は、省二が出征先から手紙をよこしたことがあり、そこには麦の穂が入っていたと告げる。この映画の題名でもある麦への言及があり、このシーンが重要な場面であることが暗示される。この時、紀子の表情は、矢部を、これまでの友人、知人の一人として見るものから、特別な人として見るものに変じている。

紀子の変化

一体何が、このような変化を紀子にもたらしたのだろうか。戦死した兄省二の思い出を語ったことが転機になっていることは確かだ。しかしなぜ死んだ兄の思い出を語ることが重要なのか。

そこには、監督小津自身の経験も反映されているだろう。小津自身、徴兵され、中国戦線に兵士として従軍している。小津はそこで中国軍との戦闘にも参加し、自身の横で同僚の兵士が敵の銃弾に当たり死ぬという経験をしている。また、小津がその才能を認めた、彼よりも年少の監督山中貞雄を同じ中国戦線で赤痢によって亡くしてもいる。この映画が公開されたのは、一九五一年つまり敗戦後六年である。空襲の跡が日本中のいたるところに残っており、戦地や旧植民地などから帰還を果たしていない日本人がまだまだいた。戦争の記憶というには生々しすぎるくらいの戦争の爪痕が日本中にそして日本人の心に深く刻まれていた時期である。だから、紀子が死んだ兄の思い出を共有できる矢部に愛情を感じることには、無念の思いを抱えて死んでいった者たちへの小津の思いが表されていると取ることも出来る。しかし、そうした敗戦後六年という時代背景を抜きにしても、死んだ兄が見ていた絵に紀子と矢部が視線を注ぐこの場面には、心を揺さぶるものがある。

ヒトが人である理由

ヒトが人である所以、動物としてのヒトが人へと生成変化するのは、他の人との関わりの中においてである。その機微がこの場面には端的に示されているから感動的なのだ。このヒトが人へと生成変化するその根源には共視体験がある。愛する者と同じものを見つめること、この共視体験を通じてその愛情を深めていく人間のあり方。『麦秋』における紀子と矢部が紀子の死んだ兄の見ていた絵画を見つめる場面は、人の愛情の源泉にある共視体験を再現している点で感動的なのだ。

3　共視体験

ならば、共視体験とは何か。

チンパンジーとヒト

人とチンパンジーとは同じ霊長類に属しており、ＤＮＡレヴェルでは一・二％しか違わない。人類学の研究者によると、実際、人間の赤ちゃんとチンパンジーの赤ちゃんは似ているという。生後間もない人間の赤ちゃんとチンパンジーの赤ちゃんは、その姿勢や運動機能において、かなり類似性がみられると、中村徳子は『赤ちゃんがヒトになるとき――ヒトとチンパンジーの比較発達心理学』において指摘する。

しかしそうした生物学的類似性以上に、両者の近縁性を感じさせることは、「『見つめ合う』といった愛情の表現なのだ」とする。なぜなら「ヒトとチンパンジーといった大型類人猿（中略）だけが、オッパイをだっこして、しかも目と目を見つめ合いながらやることができる」からだと中村は指摘する。母親が子を見つめながら授乳する姿は、愛によって結ばれた母子のつながりを象徴する場面だ。そうした光景はチンパンジーにおいても見られるというのだ。母子に限らず、愛する者同士は、互いに見つめ合うことでその愛情を確認する。この見つめ合いは、チンパンジーにおいても、人間に見られる情愛の存在していることを感じさせる出来事である。

しかし、人間の赤ちゃんとチンパンジーの赤ちゃんとの差異は、成長するにつれ顕著になっていく。親などの子の面倒を見る者との関係性においてその違いは明らかになってくる。

指差し行動

その最たるものは、生後一〇カ月あまりの人間の赤ちゃんの見せる指さし行動である。チンパンジーの赤ちゃんにも指さし行動は現れるが、人間の場合、指を差す対象は、指から離れたものにも向けられる。しかし、チンパンジーは離れた対象を指すことはない。チンパンジーにおいては、ボタンを押すように指と対象が直に接している場合にしか指さしは発生しないのだ。対して人間の場合、離れた対象にも指さしは行われる。

人間の赤ちゃんに指さし行動が現れる一〇カ月くらいの時期に赤ちゃんは母親の視線を追うようになる。自身に注がれていた母親の視線が、自分から離れ外部の何かへと差し向けられた時、赤ちゃんは母のその視線を追って母親と同じものを見ようとする。そして人間の赤ちゃんの示す指さし行動は、今度は、自分が外部に見出したものを母親に見てもらうために、母親の視線を誘う行動であるのだ。自分の側にいる者と同じものを見よう、あるいは同じものを見てもらうとする行動をジョイント・アテンションという。ジョイント・アテンション＝共同注視すなわち共視は、チンパンジーにはかなりの訓練を経ないとできるようにならないと言う。この共視は、さらに赤ちゃんが自身が関心を持ったものを母親に手渡ししたりする行動に連なっていく。物を介した関係性の発生である。

同じものを見ること

同じものを見ること、そして物のやりとりを通じて、ヒトとヒトの繋がりは、チンパンジーにはない、ひろがりと深みを持っていくようになる。忘れてならないことは、この生後一〇カ月あまりの時期は、言語としてはほぼ無意味な喃語を話していた赤ちゃんが意味ある言葉を口にし始める時期でもあることだ。これは推測だが、人間における言語の使用は、共視そして物を介した関係の延長線上で発生したのではないか。

ヒトにおいてもチンパンジーにおいても、愛する者同士はその視線を交差させることでその愛を確認していた。しかし人間は、愛する者に向けられた視線を逸らし、外部へと視線を差し向けてゆく。その時もう一方の者は、自身から視線が離れていくことを惜しむどころか、むしろ逸らされた視線の先にあるものを見ようとする。そして同じものに視線を向けることに喜びを覚える。

視線を交わす紀子と矢部

『麦秋』における紀子と矢部の視線が亡き兄の見ていた絵画に注がれる場面が感動的なのは、母と子が、愛し合う者たちが、見つめ合っていた視線を逸らし、外部へとそれを差し向け、そこに新たな愛着の対象を見出すこと、愛する者と同じ愛着の対象を見出す場面の再現としてあったからだ。

紀子が矢部との結婚を決断したのも、自分の愛した兄がかつて見つめていた絵画を矢部が一緒に見つめていたからだ。自分が愛した兄と矢部は同じものを見つめることが出来たのだから、自分も矢部と同じものを見ることに喜びを見出しうると確信できたのだ。

もう一つ指摘しておくべきは、この場面で紀子と矢部が等しく視線を注いだ先にあったものが、紀子の愛した、亡き兄省二がかつて矢部と視線によって共有したものであったことだ。兄が好んで視線を向けた絵画を、当時奇しくも兄と一緒にその絵を眺めていた矢部と一緒に視線を向けることが出来るということ。兄とは、もう同じものを見ることは出来ない。が、兄と一緒に同じ絵を眺めた者と視線を共有できるということ、その振る舞いには、兄への鎮魂の思いもまた込められている。紀子にとって、矢部は、兄への鎮魂の思いを分かち合える者、兄の愛したものに同じように視線を注げる者として、立ち現れていた。

今は亡き者が、視線を注いだものにまた今を生きる人間が視線を注ぐこと。しかし、そこには、鎮魂の所作以外の別の意味もある。

4　共視と文を読むこと

『徒然草』

今は亡き者が瞳を向けたものに、現在生きている者が視線を注ぐことの持つ、鎮魂以外の意味とは何か。そこで、まず取り上げたいのは、『徒然草』の一節である。そこで、兼好法師は書を読む楽しみをこう記している。

ひとり、燈のもとに文をひろげて、見ぬ世の人を友とするぞ、こよなう慰むわざなる。

書物を読むことは、いにしえの世の人を友にすることだという。ここまで私は、宮沢賢治や高橋源一郎、村田喜代子や川上未映子あるいは松浦理英子といった作家を論じてきた。これらの作家の中では、宮沢賢治が故人、つまり見ぬ世の人である。本書で論じたのは宮沢賢治だけだが、これまで私自身、夏目漱石や森鷗外、太宰治、坂口安吾といった故人となった作家を論じてきた。そうした物故した作家の残したものを読み論じることは彼らを友とするということになると兼好法師は言う。そしてまたそれは、心を慰める振る舞いだともいう。しかし、なぜ故人の本を読み、論じることが、それらの見ぬ世の人を友とすることになり、かつまた慰安になるのだろうか。

作者とは、終局的には最初の読者に過ぎないという。書を読むこととは、最初の読者である作者の残した同じ書を読むことである。夏目漱石や宮沢賢治、太宰治といった作家が最初の読者として残した『三四郎』や『銀河鉄道の夜』あるいは『津軽』といった作品の何万人何十万人いや何百万人目の読者として視線を差し向けること。漱石や賢治、太宰が瞳を向けた同じ書にわれわれがまた新たな読者として視線を投げかけること。その同じ書に目を通すことに無上の喜びを感じることにこそ、書を読むことの始まりがある。そして、作家を最初の読者とし、その後連綿と続く読者＝解釈共同体へとわれわれは最後に加わった読者として参入していく。作家が最初の読者として作品に見出したものを、そしてその後に続く無数の読者たちが見出したものをわれわれは眼前にある書の最新の読者として知ろうと思いさらに新たな読みを加えてゆく。

共視への欲望

敬愛する作家が見たものと同じものをみたいという欲望、それは、赤ちゃんが愛する母の視線の先にあるものを追う振る舞いの再現としてある。そして、『麦秋』の紀子が、死んだ兄の見た絵画に矢部とともに視線を向けることで矢部への愛を確認したように、人は、同じ作品に触れた、作家を嚆矢とする先人たちとともにあろうとして書に向かっていく。それが、書を読むことであり、「見ぬ世の人を友とする」ことである。

ならば、なぜそれが、「こよなう慰むわざ」になるのか。

故人となった作者を第一の読者とするその作品に触れること、第一の読者である作者が目にしたものを共有することこそ、「見ぬ世の人」の「文」を読むことである。それは、死という断絶体験を超えて、今ここにいない者との体験を共有することである。目の前に咲き誇る満開の桜を共に愛でるように、同じものを見ることは出来ないが、亡き者が確かに目にした書を手に取ることは、時間の隔たりを超えて、亡き者と視線を共有することにつながるのだ。

愛する者が消える意味

賢治は、死んだトシの魂に映った景色が共有できない嘆きを挽歌にした。われわれが、そうした賢治の思いに触れることが出来るのも、賢治が最初の読者であった「青森挽歌」や「オホーツク挽歌」にわれわれもまた遅れて参入した読者としてそれに触れることが出来るからだ。今は亡き賢治が目にしたものにわれわれもまた視線を注ぐことで、死者は現前せずとも、亡き者との共有が可能になるのだ。それこそ、鎮魂の振る舞いではないか。
しかしまた、ここに付言しておかねばならないことがある。同じものを見ることは、それに同じ思いを持つことを意味しない。むしろ、そこには常に偏差がはらまれていく。

5　読むことあるいは視線の偏差について

『三四郎』

同一物に注がれた視線のはらむ偏差について述べるために、ここでは『三四郎』を、とりわけ心字池(後の三四郎池)で三四郎と美禰子が初めて出会う場面を具体例として取り上げよう。三四郎と美禰子が心字池で出会う場面は、『三四郎』という作品の前半部のクライマックスといってよい。

心字池のほとりに坐る三四郎の前を美禰子が通り過ぎるとき、彼女はこれみよがしに三四郎の眼前に「白い花」を落として行く。この花を切っ掛けにして三四郎は美禰子に恋をするわけだが、このあざといまでのコケティッシュな美禰子の行為の意味は、一つには三四郎を誘惑することにある。しかし、それだけではない。重松泰雄(「評釈・『三四郎』」『國文学』一九七九年五月)、そして、さらにその解釈をより精緻にした石原千秋によれば、三四郎のしゃがんだ心字池のほとりからは死角になる位置に野々宮さんがいて、この一部始終を見ていたとする(『漱石と三人の読者』)。そして美禰子の、この三四郎を誘惑するような所作は、野々宮さんが自分を見ていることを意識した上でなされた振る舞いだという。煮え切らない態度をとり続ける野々宮を自分との結婚へと踏み出させるために、野々宮の眼の前で三四郎を誘惑して見せたのだ。

三四郎と野々宮そして美禰子は同じ「白い花」に視線を向けたわけだが、その視線の先にある「白い花」から読み込んだものは三者三様であった。

三四郎はとまどいながら美禰子の好意を読み取り、野々宮は美禰子の自身に対する思い入れを感じ取った。

ならば当の美禰子はどうか。この心字池の場面では、「白い花」は野々宮を意識しての行為であった。しかし、この後の、広田先生宅の引っ越しの手伝いのときそして菊人形見学の際に二人だけで過ごした時間を通して、美禰子も三四郎を憎からず思うようになっていく。(1) とすれば、その思いの発端となった「白い花」に対する思いも、三四郎との、そうしたつきあいの深まりを通じて、変遷していったはずだ。

視線の偏差

愛する者たちが、等しく「白い花」に注いだ視線に胚胎された偏差。三四郎が「白い花」に読み込んだ思い、野々宮の思い、美禰子の思い、それらは、等しくそれらの人々の愛着を基盤にしつつ、異なる意味を帯びていた。こうした『三四郎』の登場人物たちが「白い花」に注いだ視線の意味の差異はまた、『三四郎』という作品の解釈の歴史でもあった。最初の読者である漱石が登場人物たちの視線の先にどのような意味を見出していたか、あるいは三四郎のモデルとされる小宮豊隆は、あるいは野々宮のモデルとされた寺田寅彦はその視線にいかなる解釈を加えていたのか、連綿と続く漱石研究の歴史が、この視線の解釈に反映されている。読者は、その視線に関する新たな解釈をもって、『三四郎』をめぐる読者=解釈共同体へと参入していく。その解釈には、飛躍のあるもの、見落としを含むもの、誤解に基づくもの、はたまた、周到なもの、明敏なもの、意表を突く斬新なものもあるだろう。しかし、そのどれもが、その周到さやあるいは粗雑さによって選別されたり、排除されることはない。なぜか。

野々宮の視線を知らず、「白い花」を自身にのみ向けられたと思った三四郎の解釈は、端的に誤解だろうが、だからといって三四郎のその誤った解釈は、作品の読解から排除されるべきものだっただろうか。むしろわれわれは、そうした三四郎の初心さを微笑ましい彼の属性として、愛すべき粗忽さとして受け入れなかった。

逆に、三四郎と美禰子の姿を両方視野に収めた上で「白い花」を見ていた野々宮の解釈は、その周到さにおいて特権的地位を占めただろうか。心字池で三四郎と美禰子の出会いの段階では野々宮の解釈は正しかったとしても、その後三四郎と美禰子の関係の深まりの中で、「白い花」に寄せた美禰子の思いそのものが変化していった。そうした美禰子の思いの揺らぎを知らず、三四郎のことを見くびっていた野々宮は、だからこそ丹青会の展覧会場で美禰子と三四郎が二人でいるところに思いがけず遭遇した際に「妙な連と来ましたね」という負け惜しみのような言葉を吐かざるをえなかったのではないか。

愛と解釈の歴史

これは、『三四郎』という作品の登場人物たちが「白い花」に向けた視線の読解であるが、それはまた、『三四郎』が世に出てから一〇〇年以上の歴史の中で何万、何十万の読者が提示してきた『三四郎』

という作品の読みの歴史の反映でもある。三四郎のように初心で粗忽者の読者も、あるいは野々宮のように明敏な頭脳をもった読者も、それぞれ自身の読みを「自由」に提示してきたのだ。もとより時代による趨勢というのはある。それにしても特定の読みが唯一絶対のものとなったわけではなく、遅れてその読者＝解釈共同体に参入する者たちも、同じ権利ですなわち「平等」にそれぞれ粗忽なあるいは明敏な読みを提示してきた。この読者＝解釈共同体を支える原理は、この「自由」と「平等」にある。そしてなによりその読者＝解釈共同体に参入する者たちをそこへと誘うのは、漱石といった作者を最初の読者に頂く読者＝解釈共同体への愛である。敬愛する作家が視線を向けたものに自身も眼を向け、共有したいという欲望こそ、人を書へと誘う原動力であった。

しかし、そうした視線の先にあるものの解釈については、今この場でそこに視線を差し向けた者と敬愛する作家らとの間には差異が生まれる。この差異こそが、また両者の別れの発端ともいえよう。

愛する者が見るものを自身も見たいという欲望。それは、きわめて人間的欲望だと述べた。だからこそ、愛する者の喪失は、もう二度と同じものを見ることができないということとして体験された。だが、なぜそもそも愛する者に向けられた眼差しを、その外部へと差し向けねばならないのか。愛する者を見つめ続ければよいのではないか。

そこで最後に冒頭に掲げた問い、すなわち愛する者の喪失の悲しみから人はいかにして回復しているのかという問いへの答えを述べて、本書を閉じることとしよう。

6　喪失と回復

愛する者の喪失と視線

愛する者が視線を注ぐものに、まなざしを向けようとすること、それが人間的愛の所作であった。それゆえまた、愛する者の死は、視線共有の不可能として体験され、激しい悲嘆の要因ともなった。しかし、この共視体験は、必ずしも、ともに見たものへの思いの共有を意味するわけではなかった。ここまで見たように、現在を生きるわれわれの読みと、今は亡き敬愛する作家自身が第一の読者となったその作品の読みとには、なんらかの偏差が伴われていた。むしろ、愛する作家や先人とは異なる見方をすることに人は喜びを見出す者でもあった。とすれば、共視体験には、同時に、愛する者への離反も胚胎されていたことになるのではないか。

宮沢賢治は、愛する妹の見たものをもはや共有できないという喪失体験を「青森挽歌」などの詩で描いた。しかし、賢治が愛おしいんだ妹トシ自身、今際の際の言葉として「〔O〕ra Orade Shitori egumo」（「永訣の朝」）と、つまり「あたしはあたしでひとりいきます」と述べていたではないか。いや、賢治自身も、遠からぬ時期に訪れるであろうトシとの別れを予期して、「なんべんさびしくないと云つたとこで／またさびしくなるのはきまつてゐる／けれでもここはこれでいいのだ／人はさびしさと悲傷とを焚いて／透明な〔軌〕道をすすむ」（「小岩井農場」）と書いていたではないか。つまり、賢治もトシも、愛する者との別れを前提にしていた。

離合集散は世の常とされるが、震災のような大規模な災害は、一度に大勢の犠牲者を生み、愛する者を失い悲嘆に暮れる人々を大量に生み出す。そうした人々の姿に涙し、他方人間の生や日常の脆弱さを殊更思い起こさせもする。だが、どれほどの悲しみもやがては薄れていく。宮沢賢治は、「またさびしくなるのはきまつている」と書いたが、そう書けたのはとりもなおさず、どれほど悲痛な体験をしても、やがて「さびしくな」い時が訪れることを知っていたからだ。

死の乗り越え

人はなぜ、寂しさに耐えられるのか。なぜ、人は愛する者との別れを乗り越えられるのか。そもそも、なぜ、人は愛する者に向けた視線を外へと逸らすことが出来たのか。

幼い子供は、公園などで母親の元を離れ遊ぶとき、母親の姿をしばしば確認しながら遊ぶものだ。母親の姿を見失った時、子供は慌ててその姿を求めようとする。しかし、やがて子供は、自身を見守る母親の姿がないところでも遊びに出掛けて行くことが出来るようになる。愛する者が自身に注ぐ視線を振り切り、その視線の届かないところへと人は赴くことで、新たな出会いを獲得していく。人が社会性を身につけるというのは、そういうことである。愛する者と同じものを見ることは、愛する者から視線を逸らすことで可能になるのであった。だから視線を逸らすという身振りそのものに、別れの予兆が孕まれていた。

ただ忘れてはならないことは、母親の視線の元で安心して遊んでいた子供がやがて母の見守りなしでも一人出かけていくことが出来るように、視線を逸らすことを可能にしたのもまた、愛する者の存在であったことだ。人の社会性の獲得には、自身に惜しみなく視線を差し向ける存在を前提としていた。だからこそ、死というそうした存在の喪失は人からこの世での存在基盤を失ったような痛みをもたらす。

繰り返すが、視線の共有という愛の素振り自体に愛する者から視線を逸らすという別れの身振りが伴われていた。愛の確認の中に愛する者との別れが随伴していたのだ。とすれば、愛する者の喪失の体験から回復することが出来るのもまた、それはフロイトが「喪とメランコリー」で指摘した愛する者への思いを断ち切るということだけではなく、愛の確認ということが同時に発生していたということになるのではないか。

『麦秋』の紀子が、矢部との視線の共有で感じたのは、矢部という存在への愛であるが、同時に矢部を通じて自身が持つ亡き兄への愛着ではなかったか。兄はここにはもはやいない。だが、兄が見たものを紀子自身が見つめることで亡き兄の視線を想起できる。それは、自身を愛してくれた兄の視線を感じられるということでもある。幼い子が、母親の元を離れることが出来たのも、母親の視線を前提にしていた。たとえ自身が母の視線が届かぬところに赴いてもその視線は疑うべくもなく存在し続けると思えるからこそ、子供は心置きなく外へと出立することが可能になるのだ。

視線の共有と逸脱

視線の共有には、愛する者の存在を前提としつつも、愛する者から視線を逸らすという別れの身振りが伴われていた。それは、ちょうど宮沢賢治が「小岩井農場」において、遠からぬ将来訪れる最愛の妹トシとの悲しい別れを想定して「けれどもここはこれでいいのだ／すべてのさびしさと悲傷とを焚いて

／ひとは透明な〔軌〕道をすすむ」と書いたように、愛する者との視線の共有という事態を通じて、小さな出会いと別れを繰り返していた。その小さな出会いと別れは、死という、愛するものとの絶対的別れの予行演習としてしてあった。繰り返すが、その素振りそのものが、別れの所作でもあると同時に愛の確認でもあった。だから、人は愛する者との別れの中で自身の存在を支える愛する者を感じ取ることが出来るのだ。別れの中に、われわれの存在を支えるものを見出しうるのであり、だからこそ人は愛する者との別れから回復できるのだ。

悲哀の中の愛

喪失の悲しみの中には、愛の思いが秘められている。出会いがなければ別れがないように、愛がなければ悲しみも存在しない。喪失の悲哀そのものが、愛する対象の存在を告知するものであり、それ自体幸ある人生の証しともいえる。

注

（1）千種キムラ・スティーブンの『『三四郎』の世界』（翰林書房・一九九五年）に代表される、三四郎片思い説は、読みとしてあまりにバランスを欠いたものだ。たしかに三四郎は、美禰子にとって結婚相手として認識されることはなかったが、好意を抱いていたと推測できる場面は複数ある。たとえば、三四郎と美禰子が展覧会に行った場面や原口のところに三四郎が会いに行った場面などで示されている。

あとがき

ナチスに追われパリに亡命したベンヤミンがパリからも退去せざるをえなくなった時に書いた一七の断章（テーゼ）からなる「歴史の概念について」は、彼の「思想的遺書」とも呼ばれている。その中でも最も有名なのがパウル・クレーの「新しい天使」に触れた第九テーゼである。

「新しい天使」と題されたクレーの絵がある。それにはひとりの天使が描かれていて、この天使はじっと見詰めている何かから、いままさに遠ざかろうとしているかに見える。その眼は大きく見開かれ、口はあき、その翼は拡げられている。歴史の天使はこのような姿をしているにちがいない。彼は顔を過去の方に向けている。私たちの眼には出来事の連鎖が立ち現れてくるところに、彼はただひとつ、破局だけを見るのだ。その破局はひっきりなしに瓦礫のうえに瓦礫を積み重ねて、それを彼の足元に投げつけている。きっと彼は、なろうことならそこにとどまり、死者たちを目覚めさせ、破壊されたものを寄せ集めて繋ぎ合わせたいのだろう。ところが楽園から嵐が吹きつけていて、それが彼の翼にはらまれ、あまりの激しさに天使はもはや翼を閉じることができない。この嵐が彼を、背を向けている未来の方へ引き留めがたく押し流してゆき、その間にも彼の眼前では、瓦礫の山が積み上がって天にも届かんばかりである。私たちが進歩と呼んでいるもの、それがこの嵐なのだ。

（浅井健二郎訳）

震災後の日本を予言したような文章として、しばしば震災を扱った本で取り上げられたものである。ベンヤミンがここで言及した瓦礫の堆積した風景は、津波によって街並みが破壊し尽くされた三陸沿岸の街の様子を想起させるものであったからだ。

もちろんベンヤミンが「嵐」と呼んだ歴史の流れは、この文章を書いた後、ベンヤミンを自死へと追いやったナチス・ドイツそしてファシズムへの民衆の支持を想定したと考えられる。だから、ベンヤミンの死後七〇年以上後に東日本を襲った地震、津波、原発事故とは無関係である。

それでも、ベンヤミンが記した「歴史の天使」に関わる記述は、震災後の日本を生きるわれわれへのメッセージのように読める。未来に背を向けて、瓦礫の山から死者を甦らせ、破壊されたものを繋ぎ合わせようとする「歴史の天使」は、単に過去に囚われて生きるものではあるまい。

ベンヤミンが、歴史を瓦礫の堆積と見なしたのは、単にそれがナチス・ドイツを産み出した歴史の趨勢のメタファーであるからだけではない。「複製技術時代の芸術作品」においてベンヤミンが複製技術の登場によりアウラという唯一性を喪失したとした芸術の姿は、「歴史の天使」の見た瓦礫としての歴史の姿に相即するものだろう。しかし、「歴史の天使」が瓦礫から死者を蘇らせようとしたように、アウラを喪失した複製技術時代の芸術にベンヤミンは可能性を見出していた。つまり、アウラを喪失し、瓦礫化した芸術に新たな可能性を見出したということだ。それは、新しいアウラの創出とも言えよう。

他方、津波によって崩壊した三陸沿岸の街は、誤解を恐れずに言えば津波によって一挙に廃墟となった街である。そしてスクラップ&ビルドを本質とする資本主義とそれが産み出す現代都市は廃墟化をその本性に持っていると言えよう（グローバリズムの進展に合わせて暗躍する?ヘッジファンド別名ハゲタカファンドも、その価値の下落した会社を安く買い取り解体し企業価値を上げてから高値で売るという点でスクラップ&ビルドである）。産業社会の産物である近代建築も永遠を目指すものではなく、耐用年数が定められている点で、スクラップになることが前提にされた建造物であり、その点で廃墟化を内在化した建造物である。ただ、スクラップ&ビルドをそのサイクルとする近代建築において、スクラップとなった建築物の瓦礫は廃棄の対象でしかないが、ベンヤミンは、そこに新しい可能性を見出している。「歴史の天使」が見詰める瓦礫は、瓦礫ではなく、新しいアウラなのだ。

だから、震災が産み出した瓦礫と崩壊した街に涙し、そうした街で家族の遺品やあるいはなかなか発見されぬ遺体を探し求めたことも、そして今も三陸の海岸で行方不明のままの家族の痕跡を求めることも、それは単に過去に囚われた振る舞いではなく、「進歩」とは異なる新しい未来を築こうとしているとも言える。これは、一種の多幸症だろうか。そうかもしれない。しかし、これが多幸症かどうかを決めるのは、未来のあり方による。

ならば、それはどんな未来か。肝心のベンヤミンは、この遺稿を残してパリを立った後、アメリカに向かう途上スペインとの国境で、ゲシュタポに引き渡されるのを恐れ、服毒死した。だから、その具体的な姿は分からない。彼が残した著作からある程度推測は可能だろうが、ここでそれを展開する準備も余裕も私にはない。ただ天使がらみで一つだけ付け加えおく。

ベンヤミンの「歴史の天使」そしてクレーの「新しい天使」を主題化した、マッシモ・カッチャーリの『必要なる天使』では、カフカが天使を見た、一九一四年六月二五日の日記が取り上げられている。その日の夕暮れに窓辺に座ったカフカが自室の天井を見ているとそこが黄金色になり天使が舞い降りてくるのが見えた。天使が自分に話しかけにきたと歓喜した次の瞬間、そこにあったのは「船乗り相手の居酒屋の天井にぶらさがっているような、船の舳についているペンキ塗りの木製人形にすぎなかった」(谷口茂訳『カフカ全集』七)という。しかし、カフカはその天使の人形の剣の柄にロウソクを差し、「その夜ずっと遅くまで天使のかすかな明りのもとに座っていた」。

カフカが見たのは、黄金に輝く天使だったのか、それともペンキ塗りの人形だったのか。そしてベンヤミンの「歴史の天使」が目にしたものは、瓦礫かはたまた新たなアウラの徴表か。それは、過去に向き合うわれわれの姿勢により決まるのではなかろうか。

「まえがき」にも書いたが、ここに収められた文章は、第4章を除き、文芸誌等に発表されたものである。大幅に手を加えたものもあれば、改稿を微細な字句の変更に留めたものもあるが、以下初出を記しておく。

第1章　文藝春秋『文學界』二〇一六年一一月号「人は震災にいかに向き合ったか——メランコリー・カタリ・喪の作業」

第2章　文藝春秋『文學界』二〇一四年八月号「『ボラード病』あるいは臆病者への処方箋」

第3章　文藝春秋『文學界』二〇一〇年六月号「「私」の生まれる場所——『ヘヴン』あるいは社会学の臨界としての文学」
第5章　講談社『群像』二〇一七年二月号「イカロスの墜落——背景としての震災」
終　章　東大比較文學會『比較文學研究』一〇二号（二〇一七年二月刊行）「自由・平等・友愛の場としての人文学」

謝意を少し。

本書を刊行するにあたり、ミネルヴァ書房の田引勝二さんには、本当にお世話になった。人文学関係の本、とりわけ本書のような評論集を刊行することが困難ななか、本書が刊行できたのは、ミネルヴァ書房の方々の理解ととりわけ田引勝二さんの熱意があったからだ。田引さんに編集を担当していただくのは三冊目、編著も入れると五冊になる。田引さんに最初に編集を担当していただいたのは、私の最初の評論集である『クリニック・クリティック』である。この本が出たのが二〇〇四年なので、もう一五年の付き合いになる。最初にお目にかかった折は色白の痩身の青年だった田引さんも、今ではすっかりヴェテラン編集者になられた。お腹の辺りにも、こころなしか貫禄が付いていらっしゃった（人のことは言えないが）。穏やかな京都弁に相応しい悠揚迫らざる態度と的確な指摘に随分と助けられた。こうした本を出版にまで導いてくださったことを含め、本当に感謝しています。ありがとうございました。

私事ながら最後に一言。

ミネルヴァ書房から評伝『宮沢賢治』を出版した二〇一四年以降の四年間に、わが家では慶事・凶事色々あった。喜こばしいことは、出来得る限り大きく、凶々しいことは最小限に留まるようにしてくれたのは、妻詠子であった。そうした山あり谷ありを乗り越え私がこうした本が出せたのは、妻詠子の努力の賜である。

多くの日本人にとって三月一一日は、二〇一一年以来禍々しい日になってしまった。しかし実は、三月一一日は、私たち夫婦の結婚記念日である。私たちが結婚したのは、平成が始まった年である一九八九年三月一一日だった。なので、この本は、私たち夫婦の三〇回目の結婚記念として、妻詠子に捧げたい。

二〇一九年一月吉日

千葉一幹

人名索引

は　行

ま　行

や　行

ら・わ　行

作品索引

あ　行

か　行

さ　行

た　行

な　行

は　行

ま　行

や　行

ら　行

わ　行

《著者紹介》

千葉一幹（ちば・かずみき）

1961年　三重県生まれ。
1990年　東京大学大学院比較文学比較文化修士博士課程中退。
東北芸術工科大学講師，同助教授，拓殖大学商学部教授などを経て，
現　在　大東文化大学文学部教授。
1998年　「文学の位置——森鷗外試論」で群像新人文学賞（評論部門）受賞。
著　作　『賢治を探せ』講談社選書メチエ，2003年。
『クリニック・クリティック——私批評宣言』ミネルヴァ書房，2004年。
『『銀河鉄道の夜』しあわせさがし』みすず書房，2005年。
『名作はこのように始まるⅠ』共編著，ミネルヴァ書房，2008年。
『名作は隠れている』共編著，ミネルヴァ書房，2009年。
『宮沢賢治——すべてのさいはひをかけてねがふ』ミネルヴァ書房，
2014年〈2015年島田謹二記念学藝賞受賞〉。

現代文学は「震災の傷」を癒やせるか
——3・11の衝撃とメランコリー——

2019年3月30日　初版第1刷発行　〈検印省略〉

定価はカバーに
表示しています

著　者　千　葉　一　幹
発行者　杉　田　啓　三
印刷者　中　村　勝　弘

発行所　株式会社　ミネルヴァ書房
607-8494 京都市山科区日ノ岡堤谷町1
電　話（075）581-5191（代表）
振替口座　01020-0-8076番

中村印刷・新生製本

ISBN 978-4-623-08587-3
Printed in Japan